로크미디어가
유혹하는
재미있는 세상

ROK
MEDIA
로크미디어

하북팽가
검술천재

하북팽가 검술천재 11

2023년 1월 20일 초판 1쇄 인쇄
2023년 1월 27일 초판 1쇄 발행

지은이 이도훈
발행인 강준규

기획 이기헌 왕소현 박경무 강민구 조익현
책임편집 주현진
마케팅지원 이원선

발행처 (주)로크미디어
출판등록 2003년 3월 24일
주소 서울시 마포구 마포대로 45 일진빌딩 6층
Tel (02)3273-5135 **Fax** (02)3273-5134
홈페이지 rokmedia.com **E-mail** rokmedia@empas.com

ⓒ 이도훈, 2022

값 9,000원

ISBN 979-11-408-0561-7 (11권)
ISBN 979-11-354-7650-1 04810 (세트)

하북팽가 검술천재

이도훈 신무협 장편소설

11

차
례

동행	7
얘들아, 손님 받아라	71
필유아사	109
사해는 동도	187
친절한 주군	211
하북팽가의 숨겨진 힘	273

동행

한빈의 옆자리에는 검은 상자, 즉 처음에 황보만청이 가져왔던 천궁 크기의 반쪽 정도의 상자가 있었다.

한빈은 반쪽은 놔두고, 반쪽만 가져온 것이었다.

거기에 부러진 검 자루는 대체 뭐란 말인가?

마치 재미있는 수수께끼라는 듯 당과를 베어 물며 부러진 검을 바라보던 설화가 눈을 가늘게 떴다.

당과를 다 먹자 모든 신경이 부러진 검에 쏠린 것이다.

설화의 표정을 본 한빈이 재미있다는 듯 희미하게 미소를 보였다.

"설화야."

"네, 공자님."

"궁금해?"

"사실 궁금해요, 공자님. 저게 대체 뭐예요? 비밀은 푸신 거예요?"

"풀긴 풀었지만, 맨입으로는 안 되지. 정 궁금하면 철전 다섯 닢."

"아, 공자님, 당과값도 모자란데, 제가 돈이 어디 있어요?"

"저기 있잖아."

한빈은 마차의 뒤편을 가리켰다.

설화가 깜짝 놀라 물었다.

"어, 어떻게 알았어요?"

"지난번에도 비상금을 마차 뒤쪽에 숨겼잖아."

"아."

설화가 탄성과 함께 볼을 부풀렸다.

그 모습에 한빈이 검지를 펴며 말했다.

"공짜는 이번이 마지막이야."

"네."

"이건 비밀이니까. 절대 아무에게도 말하면 안 돼. 알았지? 설화야."

"네, 물론이죠, 공자님."

"흠, 그러니까…… . 알고 보니 이 천궁도 열쇠더라고."

"열쇠라니요? 그러면 저 부러진 검은 뭐예요?"

"열쇠로 얻은 것이 바로 이 반쪽짜리 검이야."

"그럼 보물 상자가 있었다는 거예요? 그것도 천수장에요? 대체 어디예요?"

"공짜 질문은 끝났다, 설화야."

"……."

설화가 아무 말 없이 바라보자 한빈이 말을 이었다.

"궁금하면 하나씩……. 그리고 돈 내고 물어보렴."

"하나도 안 궁금하거든요."

설화는 고개를 획 돌려 꾸벅꾸벅 조는 청화를 바라봤다.

아무래도 청화를 깨우려는 모양이었다.

한빈은 조용히 옆자리에 있는 부러진 검을 바라봤다.

설화에게 한 말은 사실이었다.

천궁 속 지도는 두 군데가 황산에 녹아내려 목표 지점이 어딘지가 불분명했었다.

하지만 한빈은 지도를 연구한 끝에 녹아내린 부분이 단순한 우연이 아니라는 것을 알아냈다.

황산으로 녹아내린 것조차 안배의 한 부분이었던 것이다.

지도가 가리키는 곳은 두 곳.

바로 천수장과 사천당가였다.

천수장에 있던 비밀 공간은 찾았고, 이제 남은 것은 사천 쪽에 있는 비밀 공간이었다.

물론 정확한 지점이 어딘지는 가서 알아봐야 했다.

사천당가에 가서 둘러보면 숨겨진 장소를 알 수 있을 것이었다.

천궁 자체가 열쇠이니 거기에 맞는 열쇠 구멍은 제법 클 터.

천수장에 있는 열쇠 구멍도 천궁의 반쪽이 들어갈 만큼 컸었다.

그렇다면 반쪽짜리 검은 과연 무엇일까?

그것은 한빈이 아직 풀지 못한 수수께끼 중 하나였다.

아마도 나머지 반쪽짜리 검을 얻게 되면 그 수수께끼는 풀릴 것이다.

한빈은 저 검이 용린검법이 남긴 신물이라고 확신했다.

그렇다면 용린검법의 다음 단계로 가는 열쇠가 분명할 것이었다.

한빈은 조용히 눈을 감았다.

며칠 후.

그들은 드디어 장하의 나루터에 도착했다.

한빈의 마차가 멈춘 것은 장하에서 가장 경치 좋은 곳에 들어선 다루였다.

한빈이 막 다루에 들어가려 할 때였다.

조호가 다급하게 달려왔다.

"주군, 큰일 났어요."

한빈은 고개를 갸웃하며 주변을 둘러봤다.

어디선가 기적이 느껴지는 것도 아니고 시원한 강바람만 코끝을 간지럽히고 있었다.

다만, 조호의 얼굴만은 사색이 되어 안절부절못하고 있다.

"무슨 일인지 소상히 말해 봐라."

"비둘기가 다 도망치고 없습니다."

"비둘기라니?"

"전서구로 쓰는 비둘기 말이에요. 저기 보세요."

조호는 떨리는 손으로 마차의 위쪽을 가리켰다.

마차 위에는 전에 하남정가로 갈 때처럼 비둘기를 넣을 수 있는 새장이 올려져 있었다.

하지만 조호의 말대로 새장은 텅텅 비어 있었다.

그때 장삼도 헉헉대며 한빈에게 뛰어왔다.

"주군, 아무리 찾아봐도 도망간 비둘기는 보이지 않습니다."

장삼도 얼굴이 새파래져 있었다.

그 모습에 한빈이 한숨을 쉬었다.

"휴……."

"죄송합니다. 저희를 문책하셔도 할 말이 없습……."

장삼은 말끝을 흐렸다.

한빈의 표정이 예사롭지 않았기 때문이다.

아니나 다를까. 한빈은 미간을 좁혔다.

"장삼, 조호, 잘 들어. 지금 가장 큰 죄는 너희의 죄가 뭔지를 모르고 있다는 거야."

"네? 그게 무슨 말씀이신지요?"

장삼이 눈을 크게 뜨며 묻자 한빈이 말을 이었다.

"지금부터 하는 말 잘 들어."

"네, 경청하겠습니다. 주군."

"비둘기는 원래부터 없었어."

한빈의 말에 장삼의 눈이 커졌다.

"네? 그게 무슨 말입니까?"

"다시 한번 말하지. 비둘기는 원래 없었어. 천수장에서 떠날 때부터 지금까지의 일을 잘 떠올려 봐."

한빈이 마차의 위쪽에 올려진 빈 새장을 가리켰다.

그것을 본 장삼이 고개를 갸웃했다.

"분명히 비둘기를……."

한빈의 말에 반박하려던 장삼은 말끝을 흐렸다.

천수장에서 출발할 때부터 지금까지의 일을 떠올리다가 의문이 떠오른 것이다.

한빈의 말대로 비둘기를 본 적이 한 번도 없었다.

새장을 위쪽에 올려놓고 검은색 천을 덮고 왔다.

새장을 올려놓은 것도 장삼이나 조호가 한 일은 아니었다.

설화가 직접 새장을 저 위에 올려놨다.

장삼은 새장 속에 비둘기가 있으리라 생각했을 뿐이었다.

　장삼은 힐끔 고개를 돌렸다. 조호를 바라본 것이다.

　조호는 장삼과 다르게 아직도 무슨 말인지 모르겠다는 듯 고개를 갸웃했다.

　장삼은 재빨리 자신이 깨달은 바를 조호에게 전했다.

　그제야 조호의 눈도 점점 커졌다.

　"주군, 그게 정말이에요?"

　"당연하지. 내가 왜 너희에게 거짓을 말하겠냐?"

　"그런데 왜 빈 새장을 가져오신 겁니까? 주군."

　"그게 궁금하면 직접 알아봐야지, 조호야."

　"네? 그게 무슨 말씀이세요? 주군."

　"정답을 알아낼 때까지는 밥은 없다. 그게 내가 내리는 벌이다."

　"네?"

　조호의 눈에 한계까지 커졌다.

　그때 뒤늦게 소대섭이 달려와 한빈 앞에서 멈췄다.

　"주군, 마차를 싣고 장하를 건널 만한 배는 내일 아침에나 있답니다."

　"수고했어, 소대섭 대주."

　"그럼 먼저 식사를……."

　"잠시만, 소대섭 대주."

　"네, 주군."

"방금 조호와 장삼에게 문제 낸 게 있거든. 소 대주도 같이 남아서 풀어 봐."

"그게 무슨 말입니까? 문제라뇨?"

"자세한 설명은 조호한테 들어."

말을 마친 한빈은 자리에서 사라졌다.

한빈은 설화와 청화를 다루로 데려갔다.

그 모습을 멍하니 보고 있던 조호는 황당하다는 듯 눈을 크게 떴다.

"에휴, 우리가 뭘 잘못한 거죠? 장삼 아저씨."

"글쎄다, 나는 잘 모르겠다."

그때 소대섭이 눈을 가늘게 뜨고 물었다.

"대체 무슨 일인가? 장삼."

"아, 대주님. 그러니까······."

장삼이 소대섭에게 한빈과의 대화를 간략하게 설명했다.

설명을 다 듣고 난 소대섭은 눈을 가늘게 뜨며 한숨을 내쉬었다.

"휴······. 그랬군."

"대체 무슨 일입니까?"

"이건 우리의 실수다."

"실수라뇨? 안에 비둘기가 있다고 착각한 죄밖에 없는데, 그게 죽을죄입니까?"

"저 위에 살수가 잠복해 있었다면?"

"……."

조호와 장삼은 아무 대꾸도 하지 못했다.

둘의 눈이 살짝 커졌을 뿐이었다.

"저 위에 벽력탄이 뒹굴고 있었다면?"

"……."

둘은 입까지 살짝 벌렸다.

소대섭의 말에 자신들의 안일함을 깨친 것이었다.

소대섭은 계속 말을 이었다.

"적이 저 위에 무슨 짓을 해 놨다면? 모든 것은 우리의 잘
못이 맞다. 우리는 주군의 호위로 이곳에 온 것이 아니더냐?
그렇다면 모든 것을 살폈어야 정상이다."

"아, 생각해 보니 그게 맞습니다."

장삼이 고개를 끄덕였다.

소대섭의 말 중에는 틀린 것이 없었다.

자신은 한빈의 호위로 이곳에 온 것이었다.

하지만 마음가짐은 어떠한가?

무슨 일이 벌어지면 주군, 즉 한빈이 나서 줄 것이라 생각
하며 편안히 여행을 즐기고 있었다.

잠시 침묵이 이어졌다.

그때 조호가 뒷머리를 긁적이며 말했다.

"대주, 그런데 주군이 낸 문제의 정답은 뭐죠?"

"그것은……."

소대섭이 살짝 말끝을 흐리자, 조호가 재촉했다.

"말씀해 주시죠, 대주. 그래야 저희도 밥을 먹죠."

조호는 애처로운 눈으로 소대섭을 바라봤다.

그때 조호의 배 속에서 꼬르륵 소리가 울렸다.

그 소리에 조호의 배를 힐끔 본 소대섭은 할 수 없다는 듯
고개를 저었다.

"그건 나도 모른다."

말을 마친 그는 조용히 마차 위에 빈 새장을 바라봤다.

한빈이 왜 빈 새장을 가져왔는지 감도 잡히지 않았다.

지난번에 저 새장을 어떤 용도로 사용했는지는 설화에게
들었다.

새장에 가득 차 있던 비둘기는 분명 위협용이었다고 했다.

그런데 이번에는 왜 빈 새장을 가져왔을까?

혹시 저 새장에 숨겨진 비밀이라도 있는 것일까?

소대섭은 재빨리 마차 위로 날아올랐다.

휙!

마차 위에 선 소대섭은 새장을 살피기 시작했다.

하지만 평범한 새장일 뿐, 아무런 특징도 없었다.

그때 소대섭의 배에서도 소리가 울렸다.

꼬르륵.

셋은 동시에 서로의 배를 바라봤다.

다루 안에 들어선 한빈은 아무렇지도 않게 이 층으로 올라 갔다.

이 층으로 올라선 한빈은 다시 삼 층으로 발걸음을 옮겼 다.

마치 자기 집에 온 듯한 한빈에 행보에 안내하던 점소이는 깜짝 놀랐다.

"손님, 잠시만요. 그곳은 이곳 루주님이 계시는 곳입니다."

"알아, 그러니까 가는 거지."

한빈은 다시 몸을 돌렸다.

점소이는 다급한지 한빈의 소매를 잡았다.

그 모습에 뒤따르던 설화는 우혈랑검을 숨겨 놓은 허리 쪽 에 손을 대었다.

여차하면 언제든 공격할 수 있도록 준비를 하고 있는 것이 다.

설화가 이렇게 나오는 이유는 방금 점소이가 한빈의 소매 를 잡은 수법 때문이었다.

그것은 분명 무림인의 금나수였다.

점소이는 한빈이 꼼짝할 수 없도록 묘한 움직임으로 소매 를 잡았다.

일반인이 저런 움직임을 보일 수는 없는 법.

그리고 점소이가 저런 무공을 가지고 있는 다루가 평범한 곳일 수는 없기 때문이었다.

옆에 서 있던 청화도 입술을 지그시 깨물었다.

옆에 있는 설화의 모습에 반응한 것이다.

누가 보면 당장 일이 벌어질 것 같은 상황이었다.

거기에 한빈의 성격을 보면 점소이가 무사할 리가 없었다.

하지만 한빈은 사람 좋은 얼굴로 점소이를 바라봤다.

그 모습에 점소이도 미안한 표정으로 다시 말을 이었다.

"손님, 제가 말씀드렸듯이 저곳에는 가시면⋯⋯."

"내가 누군지부터 물어봐야 하는 게 아닌가?"

"네?"

"내가 이곳의 주인이라도 되면 어떻게 하려고 그렇게 나를 막느냐는 말이지."

"손님이 이곳의 주인일 리가 없는 일 아닙니까? 이곳의 주인은 분명히 삼 층에 계시니⋯⋯."

"루주 말고 더 높은 사람이 있을 수도 있지 않을까?"

"그게 무슨 말씀이신지⋯⋯."

점소이는 말을 잇지 못했다.

한빈이 번개처럼 품속에서 문서 하나를 꺼냈기 때문이다.

그 문서를 보는 순간 점소이의 눈빛이 떨렸다.

그때 위층에서 목소리가 들려왔다.

"예의를 갖춰 모시거라."

"네, 루주님."

대답을 마친 점소이는 재빨리 한빈을 바라봤다.

그러고는 잡은 손을 놓고 포권했다.

"죄송합니다, 대인. 제가 몰라뵈었습니다."

"아니야. 누군지는 몰라도 일 잘하네. 나중에 보자고."

한빈은 그의 어깨를 토닥이며 삼 층으로 올라갔다.

중간까지 올라가던 한빈은 잠시 멈추고 설화를 바라봤다.

"너희는 이 층에서 잠시 쉬고 있어라. 먹고 싶은 거 있으면 여기 이분한테 부탁하고."

한빈은 검지로 점소이를 가리켰다.

설화가 고개를 살짝 기울이며 물었다.

"거기 위험해 보이는데 왜 올라가시는 거예요?"

설화의 말은 사실이었다.

그 위에는 뭔가 찝찝한 기운이 흘러나오고 있었다.

굳이 말하면 위에 있는 자는 설화의 동종 업계 종사자라고나 할까.

즉, 살수란 이야기였다.

설화의 표정을 본 한빈이 말했다.

"걱정하지는 말아라. 긴 여행을 떠나려면 준비는 당연한 것이 아니냐? 그러니 이 층에서 쉬고 있거라."

한빈은 사람 좋은 얼굴로 빙긋 웃었다.

한빈이 삼 층으로 올라가자, 설화와 청화는 장하가 한눈에 보이는 곳에서 음식과 마주했다.

차향이 풍기는 다루이기는 해도, 점소이는 설화와 청화가 원하는 음식을 모두 내주었다.

그 결과 설화의 앞접시에는 당과가 빼곡히 쌓여 있었다.

그때 청화가 고개를 갸웃하며 말했다.

"공자님은 진짜 부자인가 봐요."

"그게 무슨 말이야?"

"아까 보니 여기 주인이신 것 같던데요?"

청화의 말에 설화는 고개를 갸웃했다.

분명 한빈이 그런 말은 했지만, 설화는 새겨듣지 않았다.

점소이의 무공과 삼 층에서 흘러나오는 음흉한 기적에 모든 신경을 다 쏟고 있었기 때문이다.

"설마……."

설화는 말끝을 흐리며 삼 층으로 올라가는 계단을 힐끔 봤다.

한빈이 왜 여기의 주인이라고 했는지 설화도 아는 바가 없었다.

설화는 한빈의 모든 것을 안다고 생각했는데, 이렇게 모르는 모습이 나오니 왠지 섭섭했다.

설화는 그 섭섭함을 당과로 달래는 중이었다.

설화는 당과 꼬치를 하나 더 집었다.

"청화야, 너도 먹어."

"저는 괜찮아요. 이거나 먹을래요."

청화는 자신의 접시를 가리켰다.

그곳에는 찹쌀떡이 한 무더기 있었다.

청화는 최근에 자신의 입맛에 딱 맞는 간식거리를 찾아냈다.

그게 바로 찹쌀떡이었다.

독인으로 살 때는 이런 음식은 입에 댈 생각도 못 했다.

독이 들어간 음식으로 몸에 독성을 길러야 했으니 말이다.

처음 천수장에 오고 나서는 자신이 뭘 좋아하는지도 알지 못했다.

찹쌀떡이 자신의 입맛에 맞는다는 것을 알게 된 것은 모두 설화와 마을 사람들의 도움이었다.

천수장에 있었던 것은 잠시였지만, 설화가 당과를 사러 새로 생긴 저잣거리로 나갈 때면 항상 동행했었다.

천수장에서 내려온 설화와 청화는 상인들에게는 귀빈이었다.

장주의 시녀라는 위치와 둘의 어려 보이는 외모는 상인들의 마음을 쥐어짰다.

상인들은 그녀들이 내려올 때면 너나없이 이것저것 먹어 보라고 내놓았으며 장신구를 선물로 주었다.

본의 아니게 이것저것 대접을 받던 중 이제껏 청화는 못 먹어 본 음식을 다 맛보게 되었다.

모든 음식이 다 맛있었지만, 찹쌀떡은 조금 느낌이 달랐다.

아무리 먹어도 양이 차지가 않았다.

왜 그런지는 청화 자신도 알 수가 없었다.

그저 찹쌀떡이 끝없이 당길 뿐이었다.

청화가 앞에 있는 찹쌀떡을 다 비우고 앞을 힐끔 봤다.

설화의 접시도 깔끔하게 비워져 있었다.

청화와 눈이 마주친 설화는 조용히 고개를 끄덕였다.

그러고는 시선을 돌려 점소이를 바라봤다.

"아저씨, 당과하고 찹쌀떡 조금만 더 주실래요?"

"그래, 잠시만 기다리거라."

점소이는 사람 좋은 얼굴로 손을 흔들었다.

잠시 후.

아래층에서 접시를 가지고 올라오는 점소이의 이마에는 땀방울이 맺혔다.

점소이의 눈에는 설화와 청화가 괴물이었다.

물론 설화의 무공 때문은 아니었다.

설화는 무공을 드러내지 않았기에 점소이는 상대가 초절정의 고수라는 것은 꿈도 꾸지 못했다.

다만, 설화와 청화의 해치운 음식의 양 때문에 곤혹을 치르고 있었다.

하나는 당과만 입 속에 쓸어 담고 있고 하나는 찹쌀떡을 눈 깜짝할 사이에 해치우고 있었다.

지금 점소이가 이렇게 음식을 나르는 것이 벌써 다섯 번째였다.

분위기가 심상치 않기에 해 달라는 대로 다 해 주고 있지만, 이건 아니었다.

사실 당과나 찹쌀떡은 다루에서 파는 음식이 아니었다.

그 때문에 조금 멀리 떨어진 가게에서 사 와서 대접하는 중이었다.

어찌나 힘든지 지금 점소이는 내공까지 바닥나 있었다.

점소이는 설화와 청화의 앞에 접시를 내려놓았다.

탁!

그러고는 힐끔 둘의 눈치를 봤다.

설화는 점소이의 창백해진 얼굴을 보고는 잽싸게 말했다.

"이제 더 안 주셔도 돼요."

"휴, 다행이구나."

점소이는 자신도 모르게 속마음을 말해 버렸다.

설화가 다시 말했다.

"힘드셨나 봐요, 아저씨."

"아니다. 아니야."

"땀을 많이 흘리는 것 같은데요."

"괜찮대도."

점소이가 손을 휘휘 저을 때였다.

이 층에서 발소리가 울렸다.

쿵. 쿵.

어찌나 다급하게 들리는지 점소이는 잔뜩 긴장한 채 눈매를 좁혔다.

그때 설화가 말했다.

"점소이 아저씨, 아무래도 저희 일행이 온 것 같아요."

"일행?"

점소이가 고개를 갸웃할 때, 누군가가 뛰어왔다.

이 층으로 올라와서도 그들은 속도를 줄이지 않았다.

급보를 전하는 병사처럼 거리를 단숨에 좁힌 그들은 점소이의 앞에 섰다.

상대는 세 명의 사내.

모두 칼을 찬 무림인이었다.

하나는 경지를 가늠할 수 없고 나머지는 일류 내지는 그 위로 보이는 무사들이었다.

난데없는 상황에 점소이가 침을 꼴깍 삼켰다.

그중 하나가 손에 뭔가를 들고 뛰어왔다.

점소이는 순간 그들을 막아야 하나 고민했다.

하지만 사내의 다음 말에 점소이는 동작을 멈췄다.

"설화야, 알아냈다! 알아냈어!"

"조호 오라버니, 드디어 알아내셨어요?"

설화는 자신의 일처럼 좋아하며 손뼉까지 쳤다.

짝, 짝.

옆에 있던 청화도 같이 기뻐하며 손뼉을 쳤다.

그 모습에 점소이는 긴장의 끈이 풀린 듯 뒤쪽으로 물러났다.

설화는 점소이의 표정에는 아랑곳하지 않고 조호에게 물었다.

"그래서 정답은요?"

"새장이 비어 있는 이유는 비둘기를 날리는 게 아니라 비둘기를 받기 위해서였어."

"와, 드디어 알아내셨군요. 어떻게 알아내신 거예요?"

"이거 봐. 전서구가 마차 위로 날아왔어."

조호는 손에 있는 비둘기를 설화에게 보여 줬다.

설화가 눈을 크게 떴다.

"진짜네요."

"신기하지? 어떻게 마차를 찾아왔는지를 몰라도 비둘기가 날아와서 마차에 앉더라고. 처음에는 우연인가 했는데 이게 매달려 있지 뭐야?"

조호는 설화에게 전서구에 달려 있던 통을 자랑스럽게 보여 줬다.

조호가 아이처럼 펄펄 뛰면서 좋아하고 있을 때, 뒤에서 웃음소리가 들렸다.

"하하, 알아낼 줄 알았다, 조호야."

그 목소리에 모두가 뒤를 돌았다.

그곳에는 한빈이 서 있었다.

한빈이 손을 내밀자, 조호가 통을 내밀었다.

통을 받은 한빈은 재빨리 속에 있는 쪽지를 빼내어 확인했다.

쪽지를 받은 한빈은 연신 고개를 끄덕였다.

그 모습이 얼마나 진지한지 아무도 내용을 묻지 못했다.

쪽지를 다 읽은 한빈은 점소이를 바라봤다.

"대충 요기할 거리 좀 부탁하네."

"요기할 거리라면……."

"아무거나 내오게."

한빈의 말에 점소이가 고개를 숙인 후 일 층으로 내려갔다.

점소이가 사라지자, 한빈이 설화를 바라봤다.

"점소이가 조금 힘들어 보이는데 내가 없는 사이에 무슨 일이 있었지? 설화야."

"아무 일도 없었어요. 점소이 아저씨가 당과 조금하고 찹쌀떡 조금 주셔서 먹은 것밖에는……."

설화는 말끝을 흐리며 자리에 있던 접시를 재빨리 포개어 놓았다.

그 모습에 한빈은 창밖을 봤다.

아니나 다를까.

점소이가 휘청이며 어디론가 향하고 있었다.

한빈은 점소이를 안타까운 눈으로 바라봤다.

그때 설화가 물었다.

"공자님이 진짜 여기 주인이에요?"

"그건 사실이야."

"진짜요?"

"뭐, 그리 놀란 건 없다. 설화야. 그러니까…….."

한빈은 그들이 궁금해하는 자초지종을 털어놨다.

이야기는 간단했다.

이 다루는 지난번 하남정가에서 받은 것 중 하나였다.

이곳은 원래 정화 부인이 운영하던 다루.

이곳을 운영하는 이유는 첫 번째 이유는 정보 수집이었다.
두 번째 이유는 하남정가와 정화 부인의 긴밀한 연락을 위해
서였다.

하남정가 사건 이후 하남정가에서는 정화 부인과 관련된
모든 사업을 한빈에게 넘겨줬다.

그런 이유로 이곳 다루는 한빈의 것이 되었다.

한빈이 맡고 나서는 심미호를 통해서 관리했었다.

심미호를 통해 이곳을 강북과 강남을 잇는 정보의 요충지
로 발전시키는 중이었다.

심미호는 적임자를 뽑아 이곳의 다루를 맡겼고 말이다.

그런 이유로 이곳 사람들은 아직 한빈과 인사를 나눈 적이 없었다.

오늘이 이곳 다루 사람들과는 첫 번째 인사였다.

말을 마친 한빈은 조용히 조호를 바라봤다.

"다들 용케 밝혀냈네. 아마 사천당가까지 가면서 전서구를 받을 거야. 전서구를 받고 나면 저 새장 속에 넣어 놓으면 되고. 날아온 비둘기를 관리하는 건 앞으로 조호가 맡도록."

"제, 제가요? 그거 원래 설화가 하던 거 아닌가요?"

"설화는 바빠질 거야. 이제부터는 조호, 네가 맡아."

"알겠습니다."

"그리고 소대섭 대주는 내일 배편 취소해."

"네, 알겠습니다. 그런데 이유라도……."

"손님이 오고 있대. 사천까지 동행할 손님이 말이야."

"그 손님이 누굽니까?"

"그건 비밀이야."

"아."

소대섭이 탄성을 터뜨리자 한빈이 씩 웃으며 손을 저었다.

"농담이야, 농담. 오기로 한 손님은 사천당가니까, 미리 마음의 준비 좀 하고 있어."

"헉, 사천당가요?"

"혹시 부담 가지는 건 아니지?"

"제가 왜 사천당가에 부담을 가집니까? 괜찮습니다."

소대섭은 자신의 가슴을 쾅쾅 치며 웃었다.

하지만 표정과는 다르게 속으로는 찝찝한 기분을 지울 수
없었다.

사천당가라니?

밥을 먹을 때도 고기에 양념 대신 독을 쳐서 먹는다는 족
속이 바로 사천당가였다.

그런데 사천당가와 함께 간다니?

소대섭은 머리가 아득해졌다.

물론 조호와 장삼의 눈빛도 살짝 떨리고 있었다.

다만 설화와 청화만이 천진난만한 얼굴로 접시 위에 남은
당과와 찹쌀떡을 비우고 있을 뿐이었다.

⚘

하북에서 장하로 내려오는 관도.

말고삐를 움켜쥐며 누군가가 다급하게 달려가고 있었다.

뒤쪽에는 사천당가의 깃발이 펄럭이고 있었다.

가장 앞에 선 이는 다름 아닌 당기명.

지금 당기명의 속은 부글부글 끓고 있었다.

결론부터 말하면 천수장의 장주가 어디로 갔는지 알아내
기 위해 당기명은 주머니를 탈탈 털어야 했다.

처음에 자신에게 돈을 뜯었던 화산파의 서재오는 그나마

양반이었다.

뒤늦게 온 무제자 홍칠개는 황보만청과 합을 이루어 한 푼도 남기지 않고 모든 돈을 다 털어 갔다.

사실 선택의 여지는 없었다.

무가지회에 대한 초대장은 홍칠개가 책임지고 돌려주겠다고 했으니 당연히 맡길 수밖에 없었다.

하지만 황당한 것은 황보세가에 전달해야 할 초대장을 돌리는 비용까지 받아 갔다는 점이었다.

황보세가의 가주가 바로 옆에 있는데, 그것을 왜 받아 간다는 말이던가?

당기명은 천수장에 대해서 다시 한번 의심을 해야 했다.

하지만 천수장을 떠나 마을로 내려오며 당기명은 생각을 완전히 바꿔야 했다.

그들은 신선 혹은 생불로 불리는 천수장의 장주에 대해서 티끌만큼의 의심도 없었던 것이다.

전염병으로 들끓던 장운현에서부터 천수장의 장주가 보여준 신통력을 목격했다는 자도 있었다.

천수장의 장주라?

이것은 사천당가에 있어 마지막 희망일 수도 있었다.

"이럇!"

당기명은 더욱더 세게 말고삐를 움켜쥐었다.

다음 날 새벽 다루 옆 객잔.

한빈과 적혈맹호대 셋은 아침 수련을 위해 강가를 걷고 있었다.

수련을 할 장소를 찾고 있던 것이다.

천천히 강가를 거닐던 한빈은 나루터 근처에 있는 거지를 봤다.

한빈은 팔짱을 끼고 그들의 허리부터 확인했다.

매듭이 있는가를 확인해 본 것이었다.

한빈은 고개를 흔들었다.

그들은 개방도가 아닌, 그냥 거지임이 틀림없었다.

그들의 허리에는 매듭은커녕 비슷한 것도 보이지 않았으니까.

한빈이 그들을 지나쳐 강가에 공터에 도착해서 막 자리를 잡았을 때였다.

어디선가 말발굽 소리가 울렸다.

따가닥, 따가닥.

황토색 먼지가 먼동이 트는 태양을 가리며 점점 다가오고 있었다.

한빈은 재미있다는 듯 먼지구름을 바라봤다.

지금 다가오는 이들에 대한 한빈의 판단은 간단했다.

강호에서 마주치는 자의 대부분이 적 아니면 아군 아니던가?

어정쩡한 자들마저 차후에는 적 아니면 아군이 될 자였다.

뭐, 확률은 반반.

한빈이 다가오는 먼지구름을 보며 팔짱을 끼고 있을 때였다.

황토색 먼지구름이 강가에 있는 거지 무리를 지나쳤다.

순간 여기저기서 욕설이 들리기 시작했다.

예상치 못한 소란이 일어난 것이었다.

"아쒸! 누구야?"

"누가 내 밥을 짓밟고 지나갔어!"

"와, 이런 미친 것들이!"

분명 거지들의 아우성이었다.

다소 거친 욕설이 울리자 먼지구름이 멈췄다.

말발굽 소리도 더는 들리지 않았다.

뿌연 먼지구름이 걷히기 전까지는, 거지들의 욕설도 말을 탄 이의 목소리도 들리지 않았다.

한빈은 조용히 먼지구름을 향해 한 걸음 내디뎠다.

마치 경극의 다음 장면을 기다리는 눈빛을 한 한빈은 입맛까지 다셨다.

거지 중 몇몇에게 묘한 기척을 느꼈기 때문이었다.

처음에 거지들 근처를 지나올 때는 못 느꼈던 무림인의 기척이었다.

재미있는 점은 저 거지들이 한빈의 이목마저 속였다는 점이었다.

한빈은 고개를 갸웃했다.

자신을 속일 수 있는 자들이 얼마나 될까?

즉, 저들은 보통 거지가 아니라는 말이었다.

개방도가 아닌데 무공을 익힌 데다, 무공을 익혔다는 티까지 내지 않는 자들이라?

일반적인 상황은 아니었다.

그렇다면 저들이 거지로 위장하고 있는 이유는 무엇일까?

거기에 더해 먼지구름을 일으키며 다가온 자들은 과연 누굴까?

모든 호기심이 한빈을 자극했다.

❧

황토 구름이 걷히자 당기명은 눈을 가늘게 뜨고 욕설이 들려온 쪽을 바라봤다.

그곳에는 먼동이 트는 새벽부터 거지들이 몰려 있었다.

당기명은 화를 억누르고 상대를 살폈다.

허리에는 어떤 매듭도 보이지 않았다.

일단 개방의 거지는 아니었다.

옷이 그리 많이 상하지 않은 것으로 봐서 거지가 된 지 얼마 안 되는 것 같았다.

그래도 거지는 거지.

개방도가 아닌 거지가 사천당가의 깃발을 보고 욕설을 뱉었다라?

무지해서 그럴 수도 있겠지만, 그것은 모욕으로 다가왔다.

당기명은 말에서 내려서 거지들을 바라봤다.

"누가 사천당가의 뒤통수에 대고 욕을 했느냐?"

"……."

거지들은 아무 말도 없었다.

당기명이 봤을 때는 기세에 눌린 것이 분명했다.

아마도 욕을 할 당시에는 사천당가의 깃발을 못 봤을 터.

지금 자신의 신분을 밝힌 이상 두려움을 느낄 수밖에 없다고 생각했다.

당기명은 저들에 대해 책임을 묻는 것은 여기까지라 생각했다.

사천당가도 정파였기 때문이다.

여기서 일반 백성을 단죄한다면, 사파보다 나을 것이 없다는 것이 당기명의 결론이었다.

당기명이 주변을 보고 외쳤다.

"다시 출발한다!"

말을 마친 당기명이 말고삐를 틀어쥐었을 때였다.

뒤쪽에서 누군가가 걸어 나왔다.

"잠깐!"

그 목소리에 당기명은 고개를 돌렸다.

상대는 보통 남자보다 머리 두 개는 더 달고 있는 것처럼 큰 체격이었다.

한마디로 힘 좀 쓸 것 같은 거한.

그 거한이 긴 막대를 들고 더벅더벅 걸어 나왔다.

하지만 거지라는 사실은 변함없었다.

당기명이 짜증 섞인 목소리로 물었다.

"뭐지?"

"남의 밥상에 흙을 뿌려 놓고 갔으면 보상은 해야지. 안 그래?"

"여기에 밥상이 어디 있지?"

"눈이 있으면 잘 둘러보라고. 여기 안 보여?"

거구의 거지는 손으로 바닥을 가리켰다.

그곳에는 모닥불에 적당히 구워진 고기 꼬치가 있었다.

하지만 당기명은 어이가 없었다.

"미안하게 됐지만, 거지가 먼지 타령을 하는 건 처음 보는군."

"흠, 거지라고?"

"그럼 자네들이 거지가 아니면 뭐란 말인가? 얼핏 보니 개방도도 아니니 무림인이라고 보기는 뭐하고……."

"눈깔이 삐어도 단단히 삐었어. 내가 어딜 봐서 거지란 말이지?"

커다란 덩치의 거지는 턱수염을 씰룩이며 당기명을 노려봤다.

당기명은 재빨리 말에서 내렸다.

탁.

당기명은 한 발 한 발 내공을 실어 거지에게 다가갔다.

일 검에 목을 쳐 버리고 싶을 정도로 살심이 올라왔지만, 상대는 일반 백성이었다.

무림인도 아닌 일반 백성을 상대로 정파가 검을 휘둘렀다가는 문제가 복잡해진다.

하지만 그렇다고 그냥 지나칠 수도 없는 일.

터벅터벅.

하지만 상대 역시 물러서지 않고 도리어 다가왔다.

터벅터벅.

당기명은 고개를 갸웃했다.

상대의 발걸음에 태산과 같은 기세가 실려 있었기 때문이다.

당기명은 왼손으로 검집을 움켜쥐었다.

언제라도 검을 빼어 들 준비를 한 것이었다.

동시에 상대는 먼지가 덕지덕지 묻은 긴 막대를 바닥에 꽂았다.

쾅.

긴 막대에 붙은 먼지와 진흙이 흩날렸다.

순간 긴 막대의 윗부분에서 어슴푸레한 빛이 흘러나왔다.

그것은 쇠붙이가 내는 예기였다.

푸른빛이 일렁이는 것을 보니, 내공으로 쌓였던 진흙을 털어 냈던 것이 분명했다.

조금 더 자세히 들여다보면 내공으로 진흙과 창날 사이에 막을 만들어 둘을 분리했다는 것이다.

이것은 상대가 고수라는 뜻.

보잘것없는 긴 막대는 이내 창으로 변해 있었다.

번쩍이는 창날이 눈에 들어오자 당기명은 재빨리 한 걸음 물러나며 수하들에게 외쳤다.

"다들 방어진을 구축하라! 기습이다!"

동시에 당기명은 품 안에 손을 집어넣고 암기를 골랐다.

당기명의 계획은 간단했다.

딱 봐도 창을 든 거한이 이 무리의 대장이었다.

검을 빼 들며 암기를 날리면, 상대는 막을 방법이 없을 것이었다.

검이 허초요.

암기가 실초였다.

사천당가의 기본적인 허허실실의 전략.

당기명이 막 검을 빼 들려고 할 때였다.

상대가 외쳤다.

"잠깐!"

당기명은 고개를 갸웃하며 물었다.

"왜 그러느냐? 죽기 전에 유언이라도 남기려고 하는 것이냐?"

"그건 또 무슨 말이야. 죽는 건 너야!"

"뭐라?"

"계속 묻기만 하지 말고 내 얘기 좀 들어 보지."

"……."

"내 말은 장소를 좀 옮기자는 거야. 이런 데서 암기를 던지면 애먼 사람이 다칠 수도 있잖아. 안 그래?"

창을 든 거한은·턱으로 뒤쪽을 가리켰다.

뒤쪽에 있는 자들도 지금 보니 무인들이 분명했다.

정확히는 무인과 일반 거지가 섞여 있었다.

당기명이 보기에는 뒤쪽에 있는 사람들은 거한과 한패였다.

그런데 창을 든 거한은 뒤쪽에 있는 자들과 자신은 상관없다는 듯 말하고 있었다.

당기명이 눈썹을 꿈틀하며 물었다.

"지금 뭐라 했느냐?"

"사천당가는 아무나 죽이는 게 일상인가 봐?"

"……."

당기명은 아무 말 없이 상대를 바라봤다.

묘하게 자신을 나쁜 쪽으로 몰아가고 있었다.

이런 종류의 말투는 왠지 낯설지 않았다.

어디선가 들어 본 듯한 어투였다.

하지만 막상 떠올리려니 기억나지가 않았다.

게다가 지금 사천당가라는 이름을 아무렇지도 않게 내뱉고 있다.

상대는 당기명이 사천당가에서 왔다는 것을 알고 시비를 거는 것이 분명했다.

당기명은 뒷짐 진 손으로 은밀히 수하들에게 수신호를 보냈다.

방어진에서 공격진으로 바꾸라는 신호였다.

언제든 신호를 보내면 총공세를 펼칠 수 있도록 준비시킨 것이다.

상대는 당기명의 표정에는 아랑곳하지 않고 계속 말을 이었다.

"뒤쪽에 있는 자들과 내 싸움은 상관이 없다. 그러니 자리를 옮기지. 애먼 사람 잡지 말고."

"자리를 옮기는 것보다는 상관없는 자들은 물리는 게 좋지 않아?"

당기명이 검집을 들어 거한의 뒤쪽을 가리켰다.

거한이 고개를 끄덕인다.

"일리 있는 말이군."

거한은 힐끔 뒤를 돌아보더니 손짓으로 사람들을 멀찌감치 물렸다.

그러고는 당기명을 바라보며 말을 이었다.

"그쪽도 사람들을 물리지 그래?"

"내 수하들은 부러진 창날 따위에는 다칠 염려가 없어."

"내 창날이 부러질 리는 없지만, 자네가 던진 허접한 암기가 되돌아갈지도 모르지. 예를 들어 오른손에 틀어쥔 허접비 같은 암기 말이야."

당기명의 눈썹이 꿈틀했다.

허접비라고 하는 것은 사천당가에 대한 모욕이었다.

당기명이 자신도 모르게 외쳤다.

"허접비가 아니고 호접비란 말이다!"

"아, 틀어쥐긴 했군."

"……."

당기명의 눈썹이 꿈틀댔다.

상대의 말에 감정이 요동치는 것이, 왠지 싸우기 전부터 말려드는 느낌이었다.

당기명은 재빨리 호접비를 날렸다.

슝!

나비 모양의 호접비가 허공을 가르며 창을 든 거한 쪽으로 다가갔다.

진짜 살아 있는 나비처럼 날아가는 호접비.

상대는 묘한 움직임을 보였다.

털썩!

바로 자리에 누워 버린 것이다.

당기명은 눈매를 좁혔다.

만만한 상대가 아님을 알아봤기 때문이다.

정원을 노니는 듯한 나비라면 당연히 꽃을 찾아가게 마련이었다.

꽃이 나비를 피할 방법은 없었다.

하지만 줄기가 꺾여 향기를 잃은 꽃이라면 나비가 그곳으로 갈 리가 없었다.

호접비는 공간을 넓게 섭렵하는 암기였지만, 바닥에 붙어 있는 목표물에는 그다지 위협적이지 못했다.

상대는 호접비의 파훼법을 알고 있는 것이었다.

당기명은 재빨리 상대를 향해 짓쳐 들었다.

휘릭.

무복을 펄럭이며 검을 바닥을 쓸듯이 아래로 낮췄다.

당기명은 입꼬리를 올렸다.

상대는 암기에 대한 파훼법은 알고 있을지 몰라도 사천당가의 검은 염두에 두지 않고 있었다.

이것은 상대의 실수였다.

당기명의 의도는 간단했다. 위쪽은 호접비가 천천히 날아다니고 있으니 아래쪽 공간에서 바닥에 누워 있는 거한을 공격하겠다는 것이었다.

창을 들고 누워 있는 상태에서 상대가 할 수 있는 것이 과연 무엇이 있을까?

이 승부의 결과는 뻔했다.

하지만 그때 누워 있던 거한의 몸이 스르륵 움직였다.

창을 든 채 몸이 회전하고 있는 것이었다.

휘리릭.

창날이 아래로 뻗은 당기명의 검을 쳐 냈다.

챙.

거한의 움직임을 거기에서 끝나지 않았다.

휭!

바람 소리를 내며 회전하는 몸이 점점 빨라지기 시작했다.

소리만이 아닌 소용돌이가 거한을 중심으로 뻗어 나가자, 당기명이 풀어 놓은 호접비는 힘을 잃고 바닥에 떨어졌다.

툭.

그때 거한이 달려들었다.

"이제 내 차례다!"

길게 뻗은 창이 당기명을 향해 짓쳐 들었다.

당기명이 뻗어 오는 창만큼 뒤쪽으로 물러났다.

하지만 간격은 점점 좁혀졌다.

뒤로 물러나며 당기명은 창을 쳐 냈다.

챙, 챙!

하지만 창날은 묘하게 당기명의 가슴과 점점 가까워졌다.

당기명은 이를 악물었다.

묘하게 창을 든 자들과 만나면 일이 꼬였다.

신창양가의 양예신과의 만남이 그랬으며 지금 이 거한의 창도 당기명의 심기를 불편하게 만들었다.

당기명은 왼손으로 품속에서 사천당가의 암기 중 가장 악독하다는 백은신침을 꺼내 들었다.

통에 있는 장치를 누르면 백 개의 은침이 동시에 발사되어 상대를 벌집으로 만든다.

중요한 것은 백 개의 은침 중 하나라도 적중한다면 상대는 돌에 맞은 개구리처럼 뻗을 수도 있다는 것이다.

순간 상대의 창날에서도 푸른 기운이 피어올랐다.

단순히 시시비비를 가리는 승부에서 생사결로 바뀐 것이다.

그때였다.

옆에서 묘한 기척을 느낀 당기명은 재빨리 물러났다.

정말 묘한 기척에 묘한 기분이었다.

위협적이면서도 잠잠한.

거대하면서도 소박한.

감을 잡을 수 없는 기척이었다.

거기에 이 끈끈한 시선은 마치…….

거미줄에 걸린 듯한 착각마저 만들어 냈다.

그 기척을 느낀 것은 당기명뿐이 아니었다.

거한도 피워 올린 창끝의 기운을 거뒀다.

당기명과 거한은 동시에 고개를 돌렸다.

당기명은 고개를 갸웃했다.

그곳에는 딱 봐도 별 볼 일 없는 사내가 앉아 있었다.

하지만 안심할 수 없기에 당기명은 검날을 그쪽으로 향했다.

일단 자세를 가다듬은 후 상대를 확인한 당기명은 코웃음을 쳤다.

상대의 손에는 고기 꼬치가 들려 있었다.

자세히 보니 먼지가 묻은 꼬치였다.

당기명은 시선을 힐끔 돌려 거한을 바라봤다.

거한은 입을 떡 벌린 채 아무 말도 못 하고 있었다.

당기명은 지금 누가 적인지부터 파악해야 했다.

그때 상대가 엉덩이에 묻은 흙을 털고 일어났다.

툭툭.

흙먼지가 사방에 흩날리지만, 사내는 아무렇지 않게 고기를 베어 물었다.

그러고는 감탄하며 말했다.

"먼지는 묻었어도 먹을 만하구먼."

너무도 태연한 모습에 당기명이 화들짝 놀랐다.

생각해 보니 아무리 대결 중이라 해도 기척도 없이 이런 근거리까지 접근했다는 것이 이상했다.

게다가 자신의 수하들은 지금 눈도 깜빡이지 않고 이곳을 지켜보고 있었다.

자신의 수하들이 나서지 않았다는 것은 그림자처럼 다가왔다는 것이다.

당기명이 한 걸음 뒤로 물러나며 외쳤다.

"넌 누구냐!"

"그건 알 거 없고 하던 거 계속하시지. 나는 고기나 먹으면서 구경할 테니……."

사내는 말끝을 흐리며 고기를 크게 한 입 베어 물었다.

당기명은 황당하다는 표정을 지으며 사내 쪽으로 검날을 세웠다.

그러고는 조금 더 큰 소리로 외쳤다.

"누구냐고 물었다!"

"궁금한 게 있다면 대가를 치르도록."

말을 마친 사내는 한 손으로 꼬치를 든 채 한 손은 흔들었다.

"무슨 헛소리냐?"

당기명이 이를 악물며 소리를 질렀다.

사내는 대꾸도 하지 않고 다시 고기를 베어 물었다.

그렇게 신경전이 이어지고 있을 때였다.

갑자기 옆쪽에 있던 거한이 고기 꼬치를 들고 있는 사내에게 달려갔다.

"형님!"

순간 당기명의 눈은 한계까지 커졌다.

지금 거한이 분명 사내에게 형님이라 불렀다.

그렇다면 둘은 한패라는 것이었다.

당기명은 다시 한번 사내를 살펴봤다.

붉은 무복에 그리 크지 않은 덩치, 흰칠한 외모를 가지고 있었다.

하지만 전체적인 분위기가 조금 얄미웠다.

거기에 묘하게 경계심이 일어났다.

당기명은 다시 한번 상대를 바라봤다. 강북에 이런 무인이 있다는 것은 들어 보지 못했다.

물론 거지 중 창을 쓰는 인물도 금시초문이었다.

둘을 지켜보던 당기명의 입이 딱 벌어졌다.

갑자기 붉은 무복의 사내가 뒤로 물러나며 달려드는 거한을 막아선 것이다.

"누군데 형님이래!"

"형님, 나요, 나."

"나는 거지를 동생으로 둔 적이 없다."

"허, 진짜 나를 모르오?"

"어허, 나는 거지를 동생으로 둔 적이 없대도. 스승이면 또 몰라도. 냄새나니 좀 떨어져라."

붉은 무복의 사내는 손을 휘휘 저었다.

그는 물론 한빈이었다.

둘의 싸움을 몰래 숨어서 구경하다가 출출하던 김에 고기 꼬치를 주워 든 것이었다.

한빈이 상대를 쫓는 모습은 마치 파리를 쫓아내는 것처럼 자연스러워 보였다.

상대 거한이 입술을 내밀며 황당하다는 듯 바라봤다.

"와, 이거 서운하네."

"누군지 모르겠지만, 너는 잠시 옆으로 비켜 있어."

한빈은 상대 거한을 옆으로 물렸다.

상대 거한은 말없이 옆으로 비켜 섰다.

한빈은 아무렇지 않게 당기명 앞에 섰다.

"일단 인사부터 나누시죠."

"너, 너는 대체 누구냐?"

"그러니까 지금부터 밝히려고 하지 않습니까? 저는 하북 팽가의 사 공자, 팽한빈이라고 합니다."

"하북팽가의 사 공자라면⋯⋯."

당기명은 말끝을 흐리며 한빈을 살폈다.

한빈은 그의 눈빛에서 속마음을 읽었다.

양예신과 마찬가지로 천수장의 장주와 하북팽가의 사 공자를 분리해서 생각하는 듯싶었다.

뭐, 이해를 못 하는 것은 아니었다.

모든 것이 홍칠개의 안배였다.

천수장의 장주와 하북팽가의 사 공자가 동일인이라는 것은 어차피 알게 될 사실.

하지만 처음 본 사람이 한빈을 누구로 인식하냐에 있어서는 분명히 차이가 있었다.

하북팽가의 사 공자라는 신분보다는 천수장의 장주가 더욱 자유로운 위치였으니 말이다.

가문에 속하지 않고 자신의 목소리를 높일 수 있는 위치라는 점은 중요했다.

물론 지금처럼 예전 한빈의 소문을 기억하는 이들을 대할 때는 난감할 때도 있다.

지금 당기명의 표정을 보면 하북제일의 겁쟁이가 여긴 무슨 일이냐는 듯 미간을 좁히고 있었다.

한빈은 아무렇지도 않게 말했다.

"일단 공적인 일부터 마무리 짓도록 하죠."

한빈의 말에 당기명은 또 다른 의문을 떠올렸다.

"공적인 일이라니……."

말끝을 흐리며 한빈을 바라보는 당기명.

하지만 한빈은 조용히 말을 이었다.

"지금 찾고 계신 분이 천수장의 장주 아닙니까?"

"……."

당기명은 말없이 뒤로 한 발 물러섰다.

상대가 자신의 신분과 목적을 알고 있다는 것은…….

적일 확률이 높았기 때문이다.

그때 한빈이 손을 휘휘 저었다.

"아니시라면 저는 가 보겠습니다."

말을 마친 한빈은 거리낌 없이 뒤돌아섰다.

당기명이 검을 겨누고 있는데도 말이다.

한빈이 돌아서서 발걸음을 떼자, 당기명은 순간 당황했다.

"자, 잠시만."

한빈이 발걸음을 멈추고 돌아섰다.

"이제 대화를 나눌 준비가 됐는지요?"

"당신이 천수장의 장주가 있는 곳을 안다는 말입니까?"

"물론이지요. 그런데 그 쇠붙이는 치우고 이야기하지요."

한빈은 손끝으로 당기명의 검 끝을 슬쩍 밀어 냈다.

당기명은 순간, 눈을 크게 떴다.

한빈이 보여 준 한 수가 너무 대범했기 때문이다.

사천당가의 검 끝을 맨손으로 만지는 미친 인간은 최소 강
남에는 없었다.

물론 강북에서도 마찬가지였다.

사천당가와 마주치면 최대한 접촉을 피하는 것이 일반적
인 관례였다.

그런데 상대는 아무렇지 않게 검 끝에 손을 대고 밀고 있

었다.

당황도 잠시, 당기명은 지금 무엇이 중요한지를 떠올렸다.

동시에 검을 재빨리 검집에 넣었다.

쓰윽.

그러고는 한빈을 바라봤다.

"천수장의 장주에 대해서 아시면 사례를 하겠습니다."

"그럼 일단 주시지요."

"뭘 달라는 것인지……."

"말씀하신 사례를 주시지요."

한빈은 내민 손을 거두지 않고 슬슬 흔들었다.

당기명은 눈을 가늘게 떴다.

왠지 모를 기시감이 느껴졌기 때문이다.

당황도 잠시, 당기명은 뒤쪽에 있는 수하들에게 눈짓했다.

전낭을 챙겨 오라는 신호였다.

당기명의 신호에 반응한 것은 그의 호위인 당독대였다.

당독대는 재빨리 달려와 은밀하게 귀엣말을 전했다.

귀엣말을 듣고 난 당기명의 눈이 커졌다.

당독대의 말에 의하면 이미 자금이 바닥났다는 것이었다.

생각해 보니 천수장에 있던 인간들이 당기명의 전낭을 바닥까지 싹싹 긁어 갔었다.

당기명은 조심스럽게 말했다.

"사천당가의 명예를 걸고 사례할 테니 말씀해 주시지요."

"나중은 필요 없고 일단 돈부터 내놓으시죠. 그게 아니라면⋯⋯."

한빈이 말끝을 흐리며 표정을 풀자 당기명이 상체를 기울였다.

"아니라면요?"

"문서로 약조하는 방법도 있습니다."

한빈이 사람 좋은 얼굴로 말하자 당기명이 고개를 끄덕였다.

"좋습니다. 약속할 테니⋯⋯."

당기명은 말을 맺지 못했다.

한빈이 갑자기 손가락을 튕겼기 때문이다.

딱!

그 소리에 당기명의 눈이 커졌다.

이 소리를 모를 수가 없었다.

청색 무복의 도인이 마지막 보여 줬던 그 한 수.

당기명의 머릿속이 순간 뒤죽박죽이 되었다.

모든 장면이 엉켰다 풀어졌다를 반복했다.

하지만 달리 사천당가의 직계가 아니었다.

머리만큼은 강호에서 열 손가락 안에 든다는 사천당가였다.

당기명의 머릿속에 있던 모든 장면이 나란히 정렬되면서

몇 가지 사실을 뽑을 수 있었다.

상대는 청의 무복을 입은 도인이 말했던 그의 후인일 가능성이 컸다.

돈을 밝히는 것으로 봐서 천수장과 관련 있는 인물임이 틀림없었다.

여기까지 추측했을 때였다.

갈대밭 사이에서 여자아이 하나가 보따리를 들고 나타났다.

여자아이는 보따리를 펼쳐 놓고 한지를 펼친 후, 대나무 통에 있는 먹을 벼루에 부었다.

그 모습에 한빈이 말했다.

"설화는 어디 가고 청화 네가 온 거야?"

"제가 한번 해 보고 싶다고 졸랐어요. 언니는 뒤에 있어요. 그런데 공자님."

"왜?"

"궁금한 게 있는데요. 우리가 온 건 어떻게 아신 거예요?"

"설화가 싸움 구경을 놓칠 리 없잖아."

"아."

청화가 알았다는 듯 고개를 끄덕였다.

그 모습을 보던 당기명은 황당하다는 듯 물었다.

"지금 뭐 하시는 겁니까?"

"모든 일은 문서로 남겨야 확실한 법 아니겠습니까?"

"하북팽가의 사 공자께서 무슨 권리로 문서를 작성하시는 거죠? 천수장과 관련이 있다는 건 알겠지만……."

당기명은 말끝을 흐리며 한빈의 눈치를 살폈다.

모든 상황이 생뚱맞게 돌아가고 있었다.

게다가 앞에는 꼭 자신의 편으로 만들어야 할 인물이 있었다.

하지만 이 모든 것이 함정이라면?

사천당가를 대표해서 이곳 강북에 온 만큼, 당기명은 신중을 기해야 했다.

한빈이 빙긋 웃으며 물었다.

"천수장과 관련이 있다는 건 알아내셨군요. 그런데 너무 신중하신 거 아닌가요?"

"사천에는 돌다리도 두드리면서 가란 속담이 있습니다."

"좋은 속담이군요. 그럼 이건 어떠십니까?"

"어떤 조건이죠?"

"가장 궁금한 것이 장주의 행방이죠?"

"……."

"그건 공짜로 알려 드리는 대신……."

"그 대신은 뭐죠?"

"나머지 조건은 두 배로 뛸 겁니다."

"마음대로 하시죠."

당기명은 눈을 빛냈다.

일단 장주의 행방이 먼저였고, 그다음이 협상이었으니 말이다.

장주를 만나게 되면 하북팽가 사 공자는 뒤쪽으로 물려 놓고 대화를 나누면 될 일이었다.

당기명은 천수장의 장주가 이곳 장하를 건넌다는 사실만 알고 찾아온 것이었다.

당기명이 팔짱을 끼고 대답을 기다리자, 한빈이 말을 이었다.

"조건을 수긍하신 걸로 알고 말씀드리겠습니다."

"말씀하시죠."

"접니다."

"네?"

"천수장의 장주가 저라는 말씀입니다."

"……."

당기명은 한동안 말을 잇지 못했다.

천수장의 장주와 하북팽가의 사 공자가 동일인이었다고?

알아보려면 쉽게 알아볼 수 있었을 텐데 너무 다급히 돌아다니는 바람에 놓친 정보라 생각했다.

그가 멍하니 있자 한빈이 조용한 어조로 물었다.

"병 때문에 저를 찾은 게 맞습니까?"

"……."

"그렇다면 잘 찾아오셨습니다. 제가 해답이 될 수 있을지는 몰라도 해는 안 될 것이니까요."

"······."

"강북과 강남으로 나뉘긴 했지만, 같은 십대세가가 아니겠
습니까? 이럴 때 돕는 것이 강호의 도리라 생각합니다."

한빈의 말에 당기명의 눈가는 촉촉해졌다.

"그렇게 생각해 주시니 감사드립니다. 장주님, 아니 팽 공
자님. 뭐라 불러 드려야 할지."

"같은 십대세가의 자제끼리 장주라 높이는 것도 우습지 않
습니까? 그냥 공자라 편히 부르십시오."

"감사합니다, 팽 공자님."

"그럼 이제부터 툭 까놓고 거래를 시작해 봅시다."

"거래라니요?"

"세상에 공짜는 없는 법이지요."

한빈이 싱긋 웃었다.

한빈의 웃음에 반비례해서 당기명의 표정은 실시간으로
굳어졌다.

한빈은 당기명의 표정에는 아랑곳하지 않고 손을 내밀었
다.

청화가 먹을 흠뻑 적신 붓을 그 손에 건넸다.

붓을 잡은 한빈은 일필휘지로 내용을 적어 나갔다.

획. 획.

붓이 몇 번 움직이지도 않았는데 한지 위는 내용으로 가득

찼다.

물론 이것은 전광석화의 위용이었다.

붓을 검처럼 쓰는 것은 중원에서 한빈 하나밖에 없을 터였
다.

그런 이유로 지금 한빈이 보여 준 움직임에 당기명은 놀랄
수밖에 없었다.

사실 당기명이 놀란 이유는 신기한 붓놀림 탓도 있었지만,
가장 큰 원인은 내용이었다.

이것은 불공정 계약의 표본이었다.

하지만 들어주지 않을 수 없는 조건.

가장 중요한 대가에 대한 것은 치료를 못 할 경우 받지 않
을 것이라 했으니 부담은 없었지만, 한빈을 사천까지 데려가
는 것도 심각한 문제였다.

내용을 눈에 넣은 당기명은 자신도 모르게 고개를 끄덕였
다.

자신이 찾아다니던 천수장의 장주라는 신분에 굴복한 것
이다.

한빈은 재빨리 서명한 후 붓을 당기명에게 넘겼다.

"서명하시죠."

"네?"

"읽어 보든 말든 자유지만, 먹이 마르기 전에 서명하시죠.
시간은 거기까지 드리겠습니다."

"생각할 것이 뭐가 있겠습니까? 붓을 주시죠."

당기명은 재빨리 붓을 잡았다.

그 모습에 옆에서 지켜보던 청화가 나지막이 말했다.

"설화 언니 말대로 명필이네요. 진짜 아름다운 서체예요……."

청화는 넋을 놓은 듯 주절주절 말을 늘어놓았다.

"흠."

한빈이 헛기침하며 청화를 바라봤다.

당기명도 같이 고개를 돌렸다.

한빈과 당기명의 시선이 자신에게 몰리자, 청화는 재빨리 고개를 돌렸다.

그러고는 아무렇지 않게 품 안에서 간식거리를 꺼내 입에 물었다.

그 모습에 한빈은 어깨를 으쓱했다.

어쩐지 설화를 닮아 가는 청화의 모습 때문이었다.

물론 한빈이 모르는 것이 있었다.

설화는 자신을 닮아 가고 있다는 것을 말이다.

한빈과는 다르게 당기명은 웃고 있었다.

살짝 휘어진 눈썹은 이내 반달 모양이 되었다.

이유는 간단했다. 청화가 찹쌀떡을 먹는 모습이 이상하게 친근했기 때문이었다.

그것도 잠시, 당기명은 고개를 저었다.

그는 청화가 찹쌀떡을 먹는 모습이 친근해 보이는 이유를 깨달았다.

어릴 적 잃어버린 동생도 찹쌀떡을 좋아했기 때문이었다.

찹쌀떡을 먹다 목에 걸린 것이 몇 번인지도 기억이 생생했다. 그때마다 당기명은 동생의 등을 두드려 줬다.

모두 잊었다고 생각했는데 강북에 오고 나서부터 잃어버린 동생이 생각나는 당기명이었다.

그는 입술을 질끈 깨물었다.

당기명은 이 모든 것이 마음이 약해졌기 때문이라 생각했다.

마음을 다잡은 당기명은 망설임 없이 붓을 놀렸다.

사삭.

서명을 끝낸 당기명은 붓을 건넸다.

그 붓을 한빈 대신 청화가 받았다.

붓을 받아 든 청화는 지필묵이 든 보따리를 정리했다.

한빈은 고개를 갸웃하며 당기명을 바라봤다.

"왜 안 읽어 봤습니까?"

"읽어 봤습니다."

"읽어 본 것치고는 번개같이 처리하셨군요."

한빈은 계약서를 손바람으로 말리며 당기명을 바라봤다.

눈이 마주친 당기명은 조용히 웃었다.

"먹이 마를 때까지라고 했는데 제게 선택 권한이 있나요?"

"흠."

"제가 서명한 게 못마땅하신 표정입니다."

"그럴 리가요. 아까 제가 내용을 써 나갈 때 옆에서 보고 미리 판단하신 것 같은데⋯⋯."

"네, 맞습니다."

"그런데 마지막에 쓴 작은 글자는 안 읽어 보신 것 같아서 드린 말씀입니다."

"네? 작은 글씨라니요?"

당기명이 고개를 갸웃했다.

사실 큰 글씨로 쓴 내용에도 이상한 것이 있었다.

예를 들어서 어떤 일이 있어도 놀라면 안 된다고 못 박은 조항은 이해가 안 되었다.

강호인, 그것도 무림세가 중 으뜸이라 하는 사천당가에서 태어난 자신이었다.

남들이 자신을 보고 놀라면 몰라도 자신이 놀랄 일은 없을 것이라 자부하며 살아왔다.

그런데 놀라지 말라니!

그것은 자신을 놀리는 것이나 다름없었다.

당기명의 표정을 본 한빈은 따스한 미소를 지어 보였다.

"일단 서명이 끝나셨으니 내용은 나중에 읽어 보시죠."

말을 마친 한빈은 문서를 곱게 접어 당기명에게 건넸다.

문서를 받은 당기명이 살짝 고개를 숙이자, 한빈이 말을 이었다.

고개 숙인 당기명의 표정은 변화무쌍했다.

그만큼 표정 관리가 안 되고 있는 것이다.

작은 글씨라?

아무리 생각해도 이해가 되지 않았다.

한빈이 쓴 모든 글자는 놓치지 않고 다 확인했었다.

그렇다면?

한빈의 붓놀림이 자신의 동체 시력을 넘어섰다는 말이었다.

순간 당기명은 등골이 오싹했다.

붓놀림도 보이지 않았는데 상대의 검을 볼 수 있을까?

하지만 당기명은 재빨리 고개를 들었다.

이제는 표정을 수습하고 가문을 위해 한빈을 사천당가로 이끌어야 했다.

당기명이 억지웃음을 짓고 있을 때, 마주 선 한빈이 웃는 얼굴로 말을 이었다.

"일단 장소를 옮기시죠. 본래는 아침 수련 때문에 나왔는데, 수련은 물 건너간 것 같습니다. 가시죠."

손을 내민 한빈이 앞장섰다.

그때 어디선가 설화가 튀어나왔다.

기척 없이 한빈의 옆에 선 설화를 본 당기명은 자신도 모르게 입을 벌렸다.

천수장에서도 놀랐었는데 여기서도 놀랄 일들뿐이었다.

자신이 겁쟁이라 알고 있는 하북팽가의 사 공자가 천수장의 장주였다.

거기에 그는 눈에 보이지 않는 붓놀림을 보여 줬다.

그것도 모자라 옆에서 뛰어나온 시녀의 무위는 당기명보다 아래가 아니었다.

대체 이곳에는 얼마나 많은 괴물이 모여 있다는 말인가?

당기명은 자신이 강호의 흐름에 뒤처지는 것은 아니었나 하는 자괴감까지 들었다.

당기명이 힘없이 발길을 옮기자, 멀리 떨어져 있던 소대섭과 장삼, 조호가 달려왔다.

갑자기 많아진 인원에 당기명은 마른침을 삼켰다.

당기명이 천천히 발걸음을 옮기자, 나머지 사천당가의 무사들도 움직였다.

이제 모든 이가 한빈의 뒤를 따르는 상황.

그때 멍하니 있던 덩치 큰 거지가 외쳤다.

"형님, 같이 가시죠!"

그 목소리가 얼마나 우렁찬지 모두가 고개를 돌렸다.

이쯤 되니 당기명도 호기심을 참을 수 없었다.

그는 조심스럽게 한빈을 바라봤다.

"팽 공자님, 저분은 대체 누구시죠?"

"산동악가에서 온 녀석이지요."

한빈의 말에 당기명의 눈빛이 떨렸다.

당기명은 잠시 대화를 멈춘 채 뒤쪽에서 쫓아오는 거지를
바라봤다.

누가 봐도 상거지가 맞았다.

당기명은 떨리는 목소리로 물었다.

"산동악가라면, 제가 알고 있는 그 강북 오대세가의 산동
악가가 맞습니까?"

"네, 맞습니다."

한빈이 아무렇지 않게 고개를 끄덕였다.

"산동악가에서 왜 거지가……."

"그건 모릅니다. 산동악가에서 왜 거지가 나왔는지는 모르
지만, 저 녀석이 악가의 대공자인 것은 분명합니다."

한빈은 그저 빙긋 웃기만 했다.

"악가의 대공자라면……. 혹시 악비광 공자를 말씀하시는
겁니까?"

당기명의 목소리가 더욱 떨렸다.

다시 뒤를 힐끔 돌아본 당기명은 터져 나오려는 비명을 삼
켰다.

악비광이라면 당기명도 들어 봤던 이름이었다.

한빈은 당기명의 표정을 보고는 그럴 줄 알았다는 듯 고개
를 끄덕였다.

"네, 그것도 맞습니다."

"……."

당기명은 순간 머릿속에 하얗게 변했다.

산동악가의 대공자가 저런 꼴로 나타난 이유는 그가 보기에 단 한 가지였다.

바로 가문의 몰락.

강북의 오대세가 중 한 곳이 몰락해서 거지꼴을 하고 나타난다고?

어찌 보면 저것이 사천당가의 미래일 수도 있었다.

누가 산동악가를 몰락시킨 것일까?

당기명의 손이 축축해졌다.

땀이 흐르고 있는 것이었다.

하남정가의 가주가 병에 걸렸을 때는 남의 일이었다.

하지만 사천당가에서 비슷한 일이 일어나자 이젠 더는 남의 일이 아니었다.

그런데, 강북에서도 똑같은 일이 일어나고 있다니?

당기명의 착잡한 기분과는 달리 장하의 물결 위에는 우뚝 선 해가 밝게 빛을 내고 있었다.

당기명의 옆에 선 한빈은 햇살보다 더 환하게 웃고 있었다.

한빈이 웃는 이유는 두 가지 때문이었다.

첫 번째는 당기명의 표정.

당기명의 착각은 한빈의 머릿속에서 훤하게 그려지고 있

었다.

우선 당기명의 오해와는 달리 산동악가는 건재했다.

묘하게 악비광과의 소식은 끊겼지만, 산동악가는 멀쩡하게 잘 돌아가고 있었다.

사실 거지꼴을 한 악비광이 궁금하기는 한빈도 마찬가지였다.

두 번째는 바로 그 악비광 때문이었다.

산동악가의 대공자가 거지꼴이라니!

한빈은 튀어나오려는 웃음을 겨우 참고 있었다.

한빈이 묶는 객잔 일 층.

점소이가 부지런히 객잔을 정리하고 있었다.

점소이는 어제 다루에서 한빈 일행을 안내하던 점소이였다.

다루에 속한 점소이였으나, 어제 한빈 일행을 안내하는 바람에 이곳 객잔으로 파견을 나온 것이었다.

이곳 객잔도 다루의 루주가 같이 운영하는 곳이었다.

한마디로 한빈의 돈으로 산 곳이라는 것이다.

하지만 점소이는 한빈이 주인이라는 언질은 받지 못했다.

이것은 어찌 보면 일급비밀.

그저 한빈이 귀빈이라는 말만 들었을 뿐이었다.

거기에 한 가지가 추가되었다.

잘못 보이면 목이 달아난다는 것이었다.

한 치의 실수도 용납되지 않는다고 귀에 못이 박히게 들었다.

목숨 줄을 쥐고 있는 귀빈이라니!

이 때문에 점소이는 마음을 놓을 수 없었다.

하지만 여섯 명의 손님 중 둘이 문제였다.

당과와 찹쌀떡을 시도 때도 없이 찾아 대는 통에 쉴 틈이 없었다.

뭐, 어린아이였기 때문에 점소이는 이해하고 넘어갔다.

고단했던 어제 때문인지 그의 눈이 뻘게져 있었다.

하지만 점소이의 걸음은 씩씩했다.

설마 어제와 같이 자신을 부려 먹을까 생각하며 일을 시작하는 중이었다.

그때였다.

문밖에서 발소리가 들려왔다.

이렇게 이른 아침 손님이 올 리가 없기에 점소이는 바짝 긴장했다.

점소이가 마른침을 삼키며 문을 보고 있을 때였다.

덜컹.

문이 열리고 누군가가 들어왔다.

활짝 열린 문으로 들어온 것은 한빈이었다.

그 양옆으로 같이 들어온 설화와 청화.

둘을 본 순간 점소이는 찔끔했다.

어제의 악몽이 기억난 것이다.

놀람도 잠시, 점소이의 눈은 점점 커졌다.

한빈의 뒤를 따라 들어오는 것은 어제 봤던 그의 일행들뿐이 아니었다.

한 무리의 무사가 들어오고 있는데, 그중 하나는 사천당가의 깃발을 들고 있었다.

사천당가의 깃발을 든 무사는 객잔의 앞에 멈춰 섰다.

그러고는 객잔의 앞에 깃발을 꽂았다.

이것은 맹수가 자신의 영역을 표시하는 동작과도 같았다.

마차가 있다면 마차의 지붕에 깃발을 꽂아 놓고 객잔 앞에 뒀을 것이다. 하지만 천수장에서 마차까지 털린 그들은 이렇게라도 표시를 해 놓는 것이었다.

그러나 앞서 오던 한빈의 턱짓에 사천당가 무사는 꽂았던 깃발을 다시 거둬들여야 했다.

점소이가 보기에 한빈의 의도는 간단했다.

객잔 앞에 깃발을 꽂아 다른 손님이 오는 것을 막지 말라는 뜻이었다.

하지만 점소이는 입을 벌려야 했다.

다른 손님과 사천당가가 함께 섞인다는 것 자체가 불길했기 때문이었다.

그때 한빈이 활짝 웃으며 점소이를 바라봤다.

"일찍 일어났네."

"덕분에 푹 잤습니다."

"뭔가 뼈가 있는 거 같군."

"아, 아닙니다."

"내가 손님을 모셔 왔으니까, 일단 아침부터 준비해 줘."

"알겠습니다, 공자님."

점소이는 재빨리 고개를 숙이고 주방이 있는 곳으로 달려
갔다.

하지만 그는 발걸음을 멈춰야 했다.

이상한 냄새가 바람을 타고 들어왔기 때문이다.

뒤를 힐끔 돌아보니 한 무리의 거지가 객잔으로 들이닥치
고 있었다.

점소이가 다급하게 외쳤다.

"안 돼!"

하지만 한빈의 다음 말에 고개를 갸웃해야 했다.

"그리 놀라지 말라고. 저쪽도 내 손님이니까."

"소, 손님이요? 거지가요?"

"그래, 거지도 내 손님이야."

한빈이 단호히 말하자, 점소이는 다 죽어 가는 표정으로
고개를 끄덕였다.

"네, 알겠습니다요."

주방으로 걸어가는 점소이는 일단 음식을 준비시키고 빨리 루주에게 보고를 해야겠다고 생각했다.

귀빈은 귀빈이고 장사를 망치는 건 더 이상 볼 수가 없었다.

점소이는 나름대로 이곳에 충성심을 지니고 있는 자였다.

널따란 객잔 일 층에 사람들이 가득 찼다.

이들이 식사를 마치기 전까지는 한마디도 하지 않았다.

그만큼 시장했던 것이다.

물론 악비광을 비롯한 거지 무리는 마파람에 게 눈 감추듯 음식을 비웠다.

그러고는 꺼억꺼억 소리를 내며 트림을 했다.

물론 악비광도 마찬가지였다.

한빈도 악비광이 음식을 비우기 전까지는 아무것도 묻지 않았다.

하지만 그가 음식을 다 비우고 트림을 해 대자 매서운 눈으로 쏘아봤다.

시선이 마주친 악비광은 재빨리 시선을 피했다.

그 옆에 있는 당기명은 아무 말도 못 하고 둘을 바라볼 뿐이었다.

묘하게도 가장 표정이 안 좋은 것은 당기명이었다.

산동악가의 몰락이라는 사실에 모든 신경을 쏟고 있어서였다.

하지만 악비광에게 대놓고 물어볼 수는 없었다.

그때 한빈이 그의 가려운 곳을 긁어 줬다.

"이제 말해 봐."

"뭘 말입니까? 형님."

"왜 그런 거지꼴을 하고 있냐고?"

"잘 곳도 없고 쉴 곳도 없고 먹을 것도 없으니 당연한 일 아닙니까?"

악비광은 당당한 표정으로 한빈을 바라봤다.

애들아, 손님 받아라

그 모습에 한빈이 피식 웃으며 입을 열었다.

"그러니까, 왜 잘 곳이 없고 쉴 곳도 없냐는 말이다. 산동
악가가 망한 것도 아닌데, 왜 그 몰골로 여기를 어슬렁거리
고 있냐고. 혹시 정의맹에서 임무라도 떨어진 거야?"

"……."

악비광은 아무 말 없이 고개를 돌렸다.

대신에 당기명이 끼어들었다.

"그, 그게 무슨 말씀입니까? 산동악가가 건재하다니요? 망
해서 이러고 다니는 게 아니라는 말씀입니까?"

산동악가의 이야기가 나오자 악비광이 깜짝 놀라 고개를
돌렸다.

"산동악가가 왜 망해요?"

발끈한 악비광의 모습에 당기명이 진지한 표정으로 물었다.

"망하지 않고서야 이런 꼴로 다닐 리가 없지 않습니까?"

"허허, 왜 그런 판에 박힌 말씀을 하십니까? 망하지 않아도 거지꼴을 하고 다닐 수 있는 법입니다."

"아무리 그래도……."

화제가 비딱하게 돌아가려 하자, 한빈이 탁자를 쳤다.

탁.

제법 큰 소리가 객잔 일 층에 울렸다.

내공이 실린 소리는 한빈의 감정을 싣고 사람들의 귀에 꽂혔다.

그 소리가 뜻하는 것은 간단했다.

이 뜻을 못 알아듣는 이는 없었다.

모두가 하던 동작을 멈추고 조용히 고개를 돌렸다.

물론 악비광과 당기명도 말을 멈췄다.

동시에 모든 사람의 시선이 일제히 한빈에게 쏟아졌다.

모두의 시선을 모은 한빈이 악비광에게 말했다.

"농담은 여기까지다. 죽을래? 아니면 말할래?"

"아, 형님. 이건 정말 개인적인 겁니다. 아무리 형님이라고 해도."

"그럼 죽어!"

한빈이 품 안에서 좌혈랑검을 꺼냈다.

붉은빛이 감도는 검집을 본 악비광이 재빨리 손을 흔들었다.

"알았다니까요. 그러니까⋯⋯."

악비광은 자신이 그동안 겪었던 일에 대해서 털어놨다.

그의 이야기에 모두는 눈을 크게 떠야 했다.

뭐, 어찌 보면 간단한 이야기였다.

말인즉슨, 악비광의 불운은 경단산에 들어서면서부터 시작되었다.

한빈은 하남정가로 가기 위해 장하를 건널 때를 떠올렸다.

악비광이 말한 사건의 시작은 그때였다.

경단산에 들어설 때 악비광은 무소율이 배에 남겨진 것을 깨달았다.

악비광은 배에 남겨진 무소율을 찾으러 가기 위해 한빈을 떠났다.

한빈은 그들이 잘 만났겠거니 했다.

하지만 악비광은 장하에서 만난 수적의 무리를 찾지 못했다고 했다.

그렇게 장하의 상류부터 하류를 뒤지기를 몇 개월.

가지고 있던 돈도 다 쓰고 이 꼴이 되었다고 했다.

한빈은 눈을 가늘게 떴다.

뭔가 생략된 이야기들이 많았기 때문이었다.

한빈이 턱짓으로 나머지 거지를 가리키며 말했다.

"쟤들은 뭔데?"

"흠, 조금 복잡합니다. 그러니까……."

말을 하려다 얼버무린 악비광은 뒤쪽에 거지를 불렀다.

악비광의 손짓에 그들 중 하나가 조용히 걸어왔다.

걸어온 이는 여자 거지였다.

한빈이 팔짱을 끼고 있자 여자 거지가 먼저 고개를 숙였다.

"안녕하세요, 저는 무씨검가의 시녀인……."

여자 거지의 말에 한빈은 눈을 크게 떴다.

그녀의 말을 듣다 보니 한숨이 절로 나왔다.

그녀는 무소율이 배에 오르기 전에 이곳에 남았던 무씨검가의 식솔 중 하나였다.

그녀의 소개가 끝나자 이번에는 시커먼 사내 한 놈이 다가와 고개를 숙였다.

그는 악비광이 중간에 거둔 수적이라고 했다.

첫 번째 강도질도 하기 전에 악비광에게 발목을 잡혀 길을 안내하게 된 비운의 수적.

이 거지들의 구성을 보니 눈물 없이는 볼 수 없는 한 편의 슬픈 경극과도 같았다.

한빈이 보기에 이 모든 것은 악비광의 선택에 따른 비극이었다.

무씨검가의 식솔만 해도 포기하고 가문에 알리려고 했지만, 악비광이 하루만 더, 하루만 더 하며 막아섰다고 했다.

황당하게 모두를 바라보던 한빈은 고개를 갸웃했다.

한빈의 시선이 멈춘 곳은 악비광이었다.

"악가야, 내가 하나만 묻자."

"네, 말씀하시죠."

"대체 가문에서는 네가 안 보이는데 안 찾는 이유가 뭐냐?"

"흠."

악비광은 헛기침으로 답을 대신했다.

동시에 여기저기서 웃음이 터져 나왔다.

물론 당기명만은 웃음 대신 안도의 한숨을 택했다.

산동악가가 몰락한 것이 아니라는 것을 알고 나니 훨씬 마음이 가벼워진 것이다.

하지만 악비광에 대해서는 다시 평가해야 했다.

여자 하나 찾으려고 가문을 등지고 거지꼴로 기약 없이 나루터에서 대기하고 있다니 말이다.

그때 한빈의 눈빛이 바뀌었다.

그 눈빛에는 두 가지 의미를 내포하고 있었다.

첫째는 악비광이 이제는 삼광이란 호칭을 받을 때가 되었다는 것이다.

그리고 다른 하나는 악비광이 그곳에서 서성거린 의도를 대충 알 것 같다는 점.

한빈이 낮은 목소리로 물었다.

"악가야, 솔직히 말해 봐라. 내가 이곳을 지날지 알고 있었지?"

"아, 그게…….'

"솔직히 말하래도."

"형님이 오신다는 건 못 들었어도, 사천당가가 귀빈을 모시고 간다는 건 들었습니다."

"흠, 그랬구나."

한빈은 그럴 줄 알았다는 듯 고개를 끄덕였다.

하지만 한빈과는 다르게 당기명은 그냥 듣고만 있을 수는 없었다.

당기명이 물잔을 내려놨다.

탁.

탁자가 흔들릴 정도로 제법 큰 소리가 울리자, 악비광이 고개를 갸웃하며 바라봤다.

그 악비광은 뭐가 문제냐는 듯 당기명을 바라보고 있었다.

당기명이 날이 선 목소리로 물었다.

"어떻게 사천당가의 행로를 알고 계신 겁니까? 아무리 생각해도 이해가 되지 않습니다."

"당 공자, 지금 그걸 왜 나에게 따지는 겁니까?"

"지금 우리가 올 것을 알고 있었다고 하니 묻는 게 아닙니까?"

"주변에 물어보십시오. 사천당가가 남쪽으로 향하고 있다는 것을 모르는 자가 있는지요?"

"그, 그게 무슨 말입니까?"

"제가 정보를 모으려고 해서 모은 것도 아니고. 주변에 소문이 파다하게 퍼졌습니다. 그것도 하루 만에요."

"흠."

"지나가는 거지들도 사천당가가 오니 조심하자고 눈치를 보더이다. 솔직히 사천당가가 여길 지난다는 것은 정보 축에도 못 낍니다."

"어떻게 우리의 행로를 이토록 자세히……."

당기명은 당황한 채 말을 잇지 못했다.

악비광은 표정 하나 변하지 않고 말을 이었다.

"이렇게 빨리 사천당가의 행로에 대한 소문이 퍼졌다는 것은 누군가 고의로 퍼뜨렸다는 거지요."

악비광은 고개를 돌려 한빈을 바라봤다.

한빈은 아무렇지도 않게 고개를 끄덕였다.

그 모습에 당기명이 한빈을 바라봤다.

"팽 공자는 범인이 누군지 아시는 듯합니다."

"일단, 아까 적었던 계약서를 펼쳐 보시지요."

"계약서라니 그게 무슨……."

당기명은 고개를 갸웃했다.

사천당가의 행로를 예측해서 퍼뜨린 범인을 물었는데 난데없이 계약서를 펼치라 하자 이해가 안 되었던 것이다.

하지만 한빈의 재촉에 당기명은 아까 받았던 계약서를 꺼냈다.

계약서를 본 한빈이 말을 이었다.

"맨 아래부터 보시지요."

"아래라면, 이 계약은……."

"아니, 그거 말고 그 아래 작은 글씨 말입니다. 특약의 세 번째 조항입니다."

한빈의 말에 당기명은 눈을 가늘게 떠야 했다.

글씨가 깨알처럼 작았기 때문이다.

평소 시력이라면 자신 있던 당기명이었지만, 이번만큼은 최대한 안력을 돋워야 했다.

당기명은 조항을 천천히 읽어 나갔다.

"이번 계약은 사천당가의 상황뿐 아니라 당금 강호를 위협하는 세력에 대해 같이 맞서며……."

당기명은 조항을 읽어 나가며 혀를 찼다.

모든 것을 한빈에게 맡겨야 한다는 내용이었다.

결정은 한빈이 하고 책임은 자신이 져야 하는 계약에 당기명은 입을 떡 벌렸다.

하지만 정도에서 벗어난 내용은 없었기에 반박할 수는 없었다.

당기명이 말했다.

"네, 강호를 위협하는 세력에 대해서 같이 맞서는 것에는 무조건 동의하겠습니다."

"그럼 한 가지만 묻죠. 사천당가의 가주님이 앓고 계신 병이 자연스럽다고 생각하십니까?"

"자연스러운 게 아니라면 대체……."

"저는 독에 당했다고 생각합니다."

"독이라면……."

"사천당가에서 제일 자신 있는 것이 독이기에 그 가능성은 염두에 두지 않으셨겠죠."

"……."

"사천당가를 해코지한 세력이 있다면, 이번 병을 치료한다고 끝난 일일까요?"

"……."

당기명은 계속 침묵했다. 한빈의 말은 얼토당토않으면서도 묘하게 설득력이 있었다.

"만약에 사천당가가 몰락하기를 바라는 세력이 있다면 우리가 향하는 길을 필히 막을 겁니다."

"흠."

당기명은 침음을 삼켰다. 한빈의 말에 점점 마음이 기울었기 때문이다.

생각해 보니 발등에 떨어진 불만 생각했지, 그 불이 집안 전체로 옮겨붙을 수 있다는 것은 생각하지 못했었다.

그런데 한빈이 그것을 일깨워 준 것이다.

"당문 가주의 병환을 치료할 신의를 데리고 사천으로 향하고 있다는 소문이 파다하게 퍼졌으니까요."

"헉, 그런 소문이 났단 말입니까? 팽 공자와 제가 만날 것을 어떻게 알고……."

당기명은 적잖게 당황한 듯 살짝 숨이 거칠어졌다.

한빈은 그의 모습에 아랑곳하지 않고 태연하게 말을 이었다.

"그 소문을 퍼뜨린 사람은 바로 저니까. 내용은 확실할 겁니다."

"앗."

당기명은 깜짝 놀라 젓가락을 떨어뜨렸다.

툭, 데구르르.

젓가락이 바닥에 떨어져 굴러다녔지만, 당기명은 개의치 않았다.

너무 놀란 나머지 입만 벌리고 있었다.

그 모습에 한빈이 계약서의 한 곳을 가리켰다.

"지금 한 행동은 일반 계약 조항의 다섯 번째 사항을 위반한 겁니다."

그러지 않아도 놀란 상황에서 계약 위반이란 단어까지 나오자, 당기명은 자리에서 일어나 외쳤다.

"계약 위반이라니요!"

"다섯 번째 조항은 '어떤 일이 있어도 놀라지 않는다'이니……. 지금 모습은 누가 봐도 계약 위반이지요."

"아."

당기명은 탄성을 터뜨렸다.

아까 분명히 본 조항이었다.

하지만 말도 안 되는 조항이라 생각하고 그냥 넘긴 것이다.

당기명의 탄성이 흐려지기도 전에 한빈이 말을 이었다.

"마음에 들지 않으면 지금이라도 계약을 파기하면 됩니다."

"……."

"단, 그때는 위약금만 지불하면 되지요."

한빈이 사람 좋은 얼굴로 계약서를 가리켰다.

계약서를 본 당기명은 눈을 찔끔 감았다.

한빈이 가리킨 곳은 작은 글씨로 쓰인 특약 조항이었다.

탁자를 사이에 두고 잠시 침묵이 맴돌자, 한빈이 설화를 바라봤다.

설화는 눈빛만으로도 한빈이 원하는 것이 뭔지 안다는 듯 탁자 위에 지도를 펼쳤다.

촤르륵.

설화가 지도를 깔끔하게 펼치자, 모두가 고개를 갸웃했다.

당기명이나 악비광 모두 지도가 무엇을 뜻하는지를 알 수 없었다.

그때 한빈이 사람 좋은 얼굴로 지도를 가리켰다.

"제가 소문을 낸 경로는 대충 이렇습니다. 그러니까……."

한빈은 사천까지 가는 경로를 그들에게 설명했다.

순간 당기명은 입을 떡 벌렸다.

모든 것이 계획적이라는 것을 이제야 깨달은 것이었다.

하지만 주사위는 이미 던져졌다.

이제 숫자가 나오기를 기다려야 했다.

물론 주사위의 숫자가 몇 개인지 말해 줄 수 있는 사람은 한빈밖에는 없었다.

한빈의 설명에 당기명이 물었다.

"그럼 이 인원으로 팽 공자님을 보호해야 하는 겁니까?"

당기명이 힐끔 자신의 수하들을 바라봤다.

한빈은 기분 좋게 고개를 저었다.

"아닙니다. 장담컨대 이 인원으로는 불가능합니다."

"그럼 하북팽가에서 나올 지원을 기다려야 합니까?"

"아닙니다."

"그럼 보충하시려는 인원은 어디 있습니까?"

한빈은 힐끔 악비광을 바라봤다.

그 모습에 악비광이 찔끔하며 몸을 틀었다.

고개만 돌린 것이 아니라 몸을 아예 돌린 것이다.

옆에서 대충 들어 보니 이건 목숨이 왔다 갔다 하는 임무였다.

너구리를 잡으려면 군불을 피우면 된다는 간단한 원리였지만, 뛰어나올 것이 너구리냐 호랑이냐는 아직 확인이 안 된 상태였다.

한빈은 다시 손가락을 튕겼다.

설화는 지도는 그냥 둔 채 탁자 위에 지필묵이 든 보따리를 풀어 놓았다.

한빈은 악비광을 바라보며 환하게 웃었다.

"우리 악 공자님은 무소율 소저를 찾고 싶으신 게 맞나?"

"그건 그렇지만……."

"뭐, 도와주는 건 그리 어렵지 않지."

"정말입니까? 형님."

악비광이 한빈의 옆으로 바싹 붙었다.

"……."

한빈은 악비광의 물음에는 답하지 않고 붓을 놀렸다.

사사삭.

그 모습을 옆에서 보고 있던 당기명은 입을 탁 벌렸다.

자신이 어떻게 당한 건지를 악비광을 보며 알 수 있었기 때문이었다.

분명히 불리한 내용을 한지에 빼곡히 채우고 있는데도 악비광은 연신 고개를 끄덕이고 있었다.

이건 섭혼술을 펼치지 않고서는 있을 수 없는 일이었다.

하지만 당기명은 지금 상황이 사술에 의한 것이 아니라는 것을 누구보다 잘 알고 있었다.

악비광의 눈에는 지금 한빈의 입에서 꿀이 떨어지는 듯한 착각이 들 터였다.

당기명 자신도 그랬으니까.

사람을 옭아 넣는 조항과 상대가 원하는 바가 적절하게 섞여 있는 내용은 진정 장사꾼의 본보기였다.

거기까지 생각한 당기명은 고개를 끄덕였다.

한빈은 무인도 의원도 아니라고 결론을 내렸기 때문이다.

한빈을 장사꾼이라 생각하니 모든 의문이 풀렸다.

하지만 이해가 안 되는 일이 하나 있었다.

당기명 자신만이 아닌 악비광의 움직임까지 미리 계산에 넣어 계획을 짰다는 건가?

만약 하북팽가의 사 공자 한빈이 미래를 내다보고 이 모든 것을 계획했다면?

당기명은 자신도 모르게 표정을 굳혔다.

다음 대의 천하제일 세가는 절대 사천당가가 될 수 없다고 불현듯 느꼈다.

가문의 우환보다 미래의 경쟁자가 두렵게 느껴지는 것은

왜일까?

당기명의 표정이 시시각각 변하고 있을 때 한빈의 붓이 멈췄다.

탁, 동시에 악비광은 계약서를 낚아채듯 가져갔다.

독수리가 먹이를 낚아채듯 기민한 그의 수법에는 만만치 않은 기교가 숨어 있었다.

창술을 비기로 삼는 가문이 그렇듯, 산동악가에도 용등조수(龍騰操手)라는 걸출한 조법이 있었다.

산동악가를 무림세가의 반열에 올려놓은 선주 중 한 명은 날아가는 용을 용등조수를 사용해 한 손에 움켜쥐었다고 한다.

물론 전해 내려오는 이야기지만, 이것은 용등조수의 위력을 표현하고 있는 좋은 예였다.

그 용등조수를 사용해 계약서를 낚아챘다는 것은 악비광의 심정을 대변해 주고 있는 것이었다.

계약서를 채어 간 악비광은 기분 좋게 붓끝을 놀렸다.

사삭.

눈 깜짝할 사이에 서명을 마친 악비광은 나머지 한 장을 한빈에게 건넸다.

서명을 확인한 한빈은 뒤쪽에 있는 거지꼴을 한 악비광 일행에게 말했다.

"지금부터 선택의 시간이다."

"……"

무씨검가의 식솔과 수적들로 구성된 악비광의 일행은 고개를 갸웃했다.

악비광은 그들을 대신해서 물었다.

"형님, 선택이라니 그게 무슨 말씀입니까?"

"하나만 선택하면 돼."

"그러니까 무슨 선택이요?"

"들어올 건지 나갈 건지. 이것만 딱 정하면 된다."

"……"

"나와 악비광을 따라 사천으로 향할 건지, 아니면 여기 남을 건지를 말이다."

"흠."

악비광은 뒷머리를 긁적이며 헛기침했다.

헛기침의 여운이 끝나기도 전에 악비광이 말을 이었다.

"이제까지는 저와 함께 뜻을 같이하기 위해 저를 따르던 자들이지만, 제가 강요는 못 하겠군요. 형님."

"비광아."

"네, 형님."

"저 사람들이 어딜 봐서 너와 뜻을 같이했다는 것이냐?"

"그럼 이런 꼴이 될 때까지 제 곁을 지켰는데, 진심이 아니라는 말씀입니까? 아무리 형님이라도 저들의 진심까지 이렇게……"

"쉿, 조용하고 내 말 들어."

"네?"

"네가 무서워서 할 수 없이 따른 것이지. 네가 좋아서 네 곁을 지켰다고 보는 거면 네 상태가 좀 심각하다고 느껴지는구나."

한빈은 눈을 가늘게 뜨고 악비광을 바라봤다.

아무래도 무림삼광 중 하나로 불릴 날이 앞당겨지는 듯했다.

여자와 싸움에 미친 악비광의 위명이 머지않아 강호에 퍼질 것은 자명한 일이었다.

악비광은 한빈의 표정에는 아랑곳하지 않고 어깨를 활짝 펴며 말했다.

"그럼 물어보시죠."

"……."

한빈은 대꾸도 하지 않고 그들에게 다가갔다.

"그동안 고생 많으셨습니다. 우리 아우 덕에 그동안 힘들었죠?"

"……."

사람들은 아무 말도 없었다.

하지만 입술은 달싹이고 있었다.

그때 한빈이 다시 말을 이었다.

"뭐, 기분은 이해합니다. 하지만 이제는 악비광이라는 마수에서 벗어나셨으니, 선택을 해야 합니다."

"……"

"저와 갈 건지, 아니면 여기 남을 것인지를요. 참, 무씨검가의 식솔은 가문으로 돌아가서 그동안의 일을 보고하는 것이 맞다고 봅니다."

"가, 감사해요."

무씨검가의 식솔로 보이는 여인이 고개를 끄덕였다.

그 모습에 한빈이 말을 이었다.

"무씨검가의 식솔은 이쪽으로 오시죠."

한빈의 말에 무씨검가 식솔이 모였다.

한빈은 그중 가장 나이가 많아 보이는 자에게 다가갔다.

그러고는 품속에서 뭔가를 꺼냈다.

나이가 많아 보이는 자는 움찔하며 뒤로 물러나려 했다.

하지만 물러나려던 그는 바로 동작을 멈추고 눈을 크게 떴다.

그의 눈앞에는 제법 묵직한 전낭이 놓여 있었다.

그가 고개를 갸웃하자 한빈이 말을 이었다.

"이 꼴로 어찌 가문까지 돌아갈 수 있겠습니까? 이건 여비입니다. 그리고……."

한빈은 말끝을 흐리다 서찰 하나를 꺼내 그에게 건넸다.

"이건 무씨검가의 가주님께 보내는 서찰이니 돌아가는 대로 보여 드리세요."

"아."

그는 입을 딱 벌리며 고개를 숙였다.

"대협, 은혜에 감사드립니다."

"은혜랄 것이 뭐 있습니까? 다 오고 가는 정이죠."

한빈은 단숨에 무씨검가 식솔을 정리했다.

그 모습을 지켜보던 당기명의 눈이 빛났다.

"살짝 오해하기도 했는데 팽 공자님은 현세에 다시 없을 진짜 대협이십니다. 다른 가문의 식솔까지 챙기시다니! 저는 생각지도 못했습니다."

"당 공자는 저게 챙기는 것으로 보입니까?"

악비광은 당기명만이 들을 수 있도록 낮은 목소리로 되물었다.

당기명이 고개를 갸웃했다.

"그럼요? 지금 여비를 건네는 것도 모자라 서찰까지 전했지 않습니까?"

"생각해 보시죠. 서찰은 언제 썼다고 보십니까?"

"그야……."

"다 미리 준비된 겁니다."

"네? 미리 준비하다니요? 대체 언제?"

당기명은 질문을 쏟아 냈다.

악비광은 어깨를 으쓱한 채 말을 이었다.

"중요한 건 언제 준비했는가가 아니라 서찰의 내용이지요.

당 공자는 서찰에 무슨 내용이 적혀 있다고 보십니까?"

"흠, 그러니까 그건 저도 잘……."

"네, 그렇죠. 저도 잘 모릅니다. 저 서찰에는 전낭에 든 돈의 백 배를 받는다고 적혀 있을지도 모릅니다."

악비광은 한빈이 있는 쪽을 힐끔 돌아봤다.

당기명도 조심스러운 표정으로 고개를 끄덕였다.

처음에는 서로 흉흉한 기세를 내뿜으며 적대시했던 둘은 언제 그랬냐는 듯 공감대를 형성하고 있었다.

뭐, 그도 그럴 것이 당기명과 악비광은 한빈에게 계약으로 묶인 상황이니 당연했다.

악비광은 신이 난 표정으로 말을 이었다.

"아마 저기에는 노예 계약서가 들어 있을 수도 있습니다."

하지만 당기명은 이번만은 고개를 갸웃했다.

"후, 천수장의 장주님이 왜 그런 짓을 하겠습니까? 우리 사천당가가 외부에서는 악독하다는 소리를 좀 듣기는 하지만 우리 가문에서도 그런 짓은 안 합니다."

"정파의 기준에서 우리 형님을 판단하시면……."

악비광은 말끝을 흐렸다.

탁자 위에 그림자가 길게 드리워졌기 때문이다.

문밖에서 들어온 햇살이 누군가의 그림자를 탁자 위에 만들어 낸 것이었다.

악비광은 조용히 고개를 돌렸다.

그곳에는 한빈이 해맑게 웃고 있었다.

한참을 기분 좋게 웃던 한빈이 입을 열었다.

"악비광, 너는 나에 대해서 너무 많은 것을 알고 있구나."

"헉, 형님."

"아무래도……."

한빈은 말끝을 흐리며 탁자 위에 좌혈랑검을 어루만지다
가 틀어쥐었다.

"헉."

악비광이 손바닥을 보이며 뒤로 물러나자 한빈이 말을 이
었다.

"왜 그리 놀라? 내가 하려던 말이 뭔지 알고?"

"저를 죽이시려는 거 아닙니까?"

"내가 널 왜 죽여? 난 그렇게 한가한 사람 아니다."

"그럼 왜 단검을 잡으신 겁니까?"

"쓸 데가 있으니 놀라지 말고 잠시만 이리 와라. 네가 도와
줄 것이 있다."

한빈의 말에 악비광은 잽싸게 자리에서 일어났다.

같은 시각 하북팽가 가주전.

가주전에는 가주 팽강위와 집법당주 팽대위 그리고 대공

자 팽혁빈이 마주 보고 있었다.

그들은 입술 사이로 연신 한숨을 내뿜고 있었다.

"후."

"대체 이걸……."

"휴, 그러게 말입니다."

그들의 가운데에는 서찰 하나가 놓여 있었다.

그들의 시선은 활짝 펼쳐져 있는 서찰에 고정되어 있었다.

길게 한숨을 내쉰 팽강위가 대공자 팽혁빈을 바라봤다.

"네 생각은 어떠하냐?"

"저는 일단 한빈이를 믿는 것이 맞다고 생각합니다."

"내 말은 한빈이를 믿느냐 안 믿느냐 하는 문제가 아니다."

"그럼 어떤 걱정을 하고 계신지요?"

"혹여나 혼자 나서다가 다칠까 봐 그러는 게지."

"흠."

"네 생각은 어떠하냐. 모든 무림인의 시선이 무가지회에
몰려 있는 상황이다. 그런데 이 서찰 하나만 남기고 떠났으
니 걱정이 안 될 수가 있겠느냐?"

"아버님, 제가 강호행을 떠날 때는 그리 걱정하지 않으시
지 않았습니까?"

"그야, 한빈이는 막내가 아니더냐……."

말끝을 얼버무린 팽강위는 서찰을 바라봤다.

서찰의 내용은 크게 세 가지였다.

첫 번째 내용은 가문을 위해 무가지회로 향하는 길을 닦아 놓겠다고 한 것.

두 번째는 개방을 통해 서찰을 하나 전달할 테니 잘 받으라는 내용.

세 번째는 사람을 한 명 보낼 테니 무가지회로 가는 행렬에 같이하라는 내용이었다.

대체 무엇을 위해 떠난 건지도 서찰에는 밝히지 않았다.

전이라면 이런 걱정도 하지 않았을 팽강위였다.

하지만 요즘은 여러 일을 겪고 나서 한빈에 대한 감정이 많이 바뀐 그였다.

팽강위의 표정을 본 팽혁빈이 말했다.

"아버님, 그거라면 염려하지 않으셔도 됩니다. 한빈이의 옆에는 적혈맹호대가 있지 않습니까? 제가 얼핏 보니 그들 하나하나의 경지가 예사롭지 않습니다."

"흠."

팽강위가 턱수염을 쓸며 헛기침을 하자, 집법당주 팽대위가 끼어들었다.

"제가 보고받기로는 적혈맹호대의 대부분은 한빈이와 떨어져 다른 곳으로 향했다고 들었습니다. 시녀 둘과 호위 셋만 데리고 천수장을 떠났다고 들었습니다."

"허허, 지금이라도 찾아봐야 하는 건 아닌지 모르겠구나."

팽강위의 눈빛이 살짝 떨렸다.

한빈에 대한 걱정이 겉으로 드러나고 있었다.

팽강위의 표정을 본 팽혁빈이 재빨리 말을 이었다.

"제 생각에는 그리 걱정하지 않으셔도 될 것 같습니다. 이유가 있으니 수하들을 두고 가지 않았겠습니까?"

"이유가 있다라……."

"남들의 주목을 받지 않고 은밀히 움직이려는 것이 아니겠습니까?"

팽혁빈의 말에 팽강위는 그제야 표정을 풀었다.

잠시 서찰을 바라보던 팽강위가 입을 열었다.

"너는 무가지회로 언제 출발하기로 했느냐?"

"저는 오 일 후입니다."

"그럼 일정을 조금 앞당기거라."

"네, 알겠습니다. 아버님!"

그때였다.

가주전의 문이 열렸다.

덜컹.

열린 문으로 태양을 등진 이가 천천히 걸어들어왔다.

처음에는 햇볕 때문에 보이지 않던 이가 점점 다가오자 팽혁빈이 자리에서 일어났다.

"한빈이 네가 어떻게……."

하지만 말을 맺지 못했다.

가까이 온 막내의 모습이 어딘가 이상했기 때문이었다.

장하 나루터의 객잔 안.

한빈은 잠시 멈춰 귀를 만졌다.

"누가 내 얘기라도 하고 있나?"

"형님 얘기를 할 사람이 한둘입니까?"

"뭐, 그건 그렇지. 그런데 우리 무명이는 잘하고 있으려나?"

한빈이 혼잣말을 흘리고는 고개를 힐끔 돌려 밖을 바라봤다. 그러자 악비광이 옆에 붙으며 물었다.

"그리고 보니 이무명 무사는 왜 안 데려오셨습니까?"

"따로 할 일이 있어서. 우리도 지금부터 할 일을 마치자고."

말을 마친 한빈은 악비광과 함께 수적 무리가 있는 탁자로 걸어갔다.

악비광이 다급하게 말했다.

"형님, 잠시만요. 이무명 무사가 따로 할 일이라는 게……."

"응, 일급비밀이야."

"역시나 그렇군요."

악비광은 수긍한다는 듯 고개를 끄덕였다.

한빈은 악비광을 뒤로하고 수적 무리를 바라봤다.

그들은 대충 열댓 명 정도였다.

모두 사내로 구성되어 있었으며 나이는 천차만별이었다.

그들을 매의 눈으로 바라보던 한빈이 손뼉을 쳤다.

짝!

그들의 시선을 모은 한빈이 나지막이 말했다.

"지금부터 너희에게 제안을 하나 하겠다."

"……."

그들은 답 대신 눈을 크게 뜨며 서로를 바라봤다.

한빈은 그들의 모습에 다시 말을 이었다.

"내 제안은 간단하다. 돌아가서 수적질을 하든 나를 따라 영웅이 되든. 물론 선택은 너희의 자유다."

한빈의 말에 수적 무리는 서로를 바라보며 입 모양으로 의사를 교환했다.

한빈의 뜻을 못 알아들은 이들이 대부분이었다.

한빈은 조용히 그들을 바라봤다.

뭐, 저래서야 결론이 안 나올 것이 뻔했다.

대충 강호에서 굴러먹은 이들이라면 자신의 처우에 대해 물어봐야 정상이었다.

하북팽가에서 거둬 줄 것인지?

아니면 산동악가에서 거둬 줄 것인지?

그도 아니라면 어떻게 영웅으로 만들어 줄 건지를 물어봐야 정상이었다.

한빈이 팔짱을 끼고 기다리고 있을 때, 수적 무리 중 가장 나이가 어려 보이는 자가 손을 번쩍 들었다.

대충 봐도 열여섯, 많이 잡아도 열여덟 정도밖에는 되어 보이지 않는 외모였다.

한빈은 사내아이를 보며 슬쩍 입꼬리를 올렸다.

강가에서 봤을 때부터 눈여겨보던 아이였다.

어찌 보면 수적들에게 이런 제안을 하게 된 것은 모두 저 아이 때문이었다.

전생에 인연이 있던 자.

어찌 보면 핏줄보다 더 끈끈한 인연이 있었던 귀검대 중 한 명이었다.

전생에 한빈은 녀석을 촉새라 불렀었다.

앞에 '촉' 자를 붙인 이유는 입이 가벼워서는 아니었다.

촉이 붙은 진짜 이유는 녀석의 감이 좋기 때문이었다.

귀신도 울고 갈 만큼 촉이 좋다는 것은, 그만큼 녀석의 운이 좋다는 것이다.

묘하게 함정은 피해 가고 운 좋게 위험은 비켜 가는 녀석이었다.

운이 좋은 녀석을 합류시키는 것도 그리 나쁜 생각은 아니었다.

전생에 녀석에게 진 빚도 갚을 겸 말이다.

사실 한빈은 귀검대의 수하 모두에게 빚을 졌다고 생각하고 있었다.

한빈을 향해 날아오는 칼날을 마지막까지 막아 준 이들이었으니.

결론적으로 녀석의 촉도 절대적인 힘 앞에서는 바람에 날리는 등불에 불과했다.

전생에는 한빈 자신보다 먼저 세상을 떴으니까.

아마 원래 이름이 원경이었던 것 같았다.

한빈은 검지로 녀석을 가리켰다.

"이름이 어찌 되느냐?"

"원경이라고 합니다."

"원경이라……. 그럼 할 말이 있으면 해 보아라."

자신이 생각하던 이름이 튀어나오자 한빈은 조용히 고개를 끄덕였다.

원경이라 자신을 밝힌 아이는 살짝 입술을 깨물었다.

말할까 말까 망설이는 표정이었다.

한빈이 턱짓하자 그제야 원경의 입이 열렸다.

"공자님을 따라가면 정말 영웅이 될 수 있는 겁니까?"

"그건 네가 하기 나름이지."

한빈이 무표정하게 답하자 녀석의 입술이 달싹였다.

달싹이는 것은 입술만이 아니었다.

감정이 요동치는지, 어깨까지 살짝 흔들렸다.

녀석은 갑자기 상의를 벗었다.

홀러덩 벗은 녀석의 몸은 생각보다 야위었다.

모두가 원경의 갑작스러운 행동에 웅성거리기 시작했다.

오직 한빈만이 조용히 고개를 끄덕였다.

원경은 한빈을 한번 바라보더니 자신의 팔을 가리키며 다시 말을 이었다.

"죄인도 영웅이 될 수 있습니까?"

원경이 가리킨 곳에는 화상을 입은 듯한 자국이 찍혀 있었다.

이(二).

그것은 분명히 숫자였다.

한빈은 그 숫자가 무엇을 뜻하는지 알고 있었다.

전생에도 본 상처이니까.

한빈이 물었다.

"어쩌다 자자형(刺字刑)을 받았느냐?"

자자형이란 이마나 팔에 형벌의 내용이나 횟수를 새기는 것을 말한다.

보통은 상처를 내고 묵을 입혀 문신처럼 새기는데, 원경의 어깨에는 불로 지진 듯한 상처가 남아 있었다.

원경이 눈을 빛내며 입을 열었다.

"지나가다가 전낭을 주워서 관아에 찾아 주었습니다. 그 대가로 첫 번째 형벌을 받았습니다."

원경의 말에 주변이 웅성대기 시작했다.

자리에 앉아 지켜보던 당기명은 벌떡 일어났다.

그는 호기심을 참지 못하고 악비광의 옆에 붙었다.

"악 공자, 지금 저게 무슨 말입니까? 물건을 찾아 줬는데, 형벌을 받았다니요?"

"저도 잘 모릅니다."

악비광이 고개를 젓자 당기명이 물었다.

"악 공자를 따르던 이 아닙니까?"

"저도 처음 듣는 말이라……."

악비광은 뒷머리를 긁적였다. 그가 한 말은 사실이었다.

자신을 따르던 수적의 무리 중 하나이긴 했지만, 처음 듣는 이야기였다.

하지만 몇몇 수적들은 이해가 간다는 듯 고개를 끄덕였다.

어찌 보면 가능한 일이라 생각해서였다.

이들 중 잘 먹고 잘 살기 위해서 칼을 든 자는 거의 없었다.

다만, 살기 위해서 칼을 들었을 뿐이었다.

그들 중 몇몇은 칼을 들기까지 당했던 자신의 억울한 일들을 떠올렸다.

"나도 그랬지."

"자네만 그런가? 나도 그랬어."

그들의 웅성거림은 한동안 지속되었다.

그들은 앞에 한빈이 있다는 것조차 잊은 채 억울하다는 듯

울분을 토해 냈다.

한빈은 그들의 말에는 귀를 기울이지 않았다.

그저 그들의 표정만 눈으로 확인했다.

이중 걸러야 할 자를 확인하기 위해서였다.

웅성거림이 살짝 가라앉자 원경은 다시 말을 이었다.

"전낭의 주인은 사례하기 싫어서 도둑맞았다고 거짓을 고한 겁니다."

"전낭의 주인은 정파였겠군?"

"어, 어떻게 아셨습니까?"

"날 바라보는 네 눈빛이 그렇다. 두 번째 상처는 사파 놈들 때문에 생겼겠구나."

"허, 어찌······."

원경의 눈빛이 떨렸다.

한빈은 아무 표정 없이 턱짓했다.

"계속해 보아라."

"그러니까······."

원경은 계속 말을 이었다.

원경의 말에 따르면 좋은 일을 하고도 두 번이나 누명을 써서 자자형을 받은 것이다.

웃기는 것은, 성인이 안 된 자에게 자자형은 국가에서 금지하고 있다는 점이다.

그런데 관아는 원경의 입을 다물게 하려고 형벌을 내린 것이다.

원경의 말에 모두는 고개를 숙였다.

그때 한빈이 좌혈랑검을 든 채 한 발 앞으로 나섰다.

그 모습에 원경이 입을 벌리며 뒤로 물러났다.

얼마나 놀랐는지 엉덩방아까지 찧었다.

쿵.

한빈의 행동에 다른 이들도 눈을 크게 떴다.

한빈은 아무렇지 않게 자신의 오른쪽 어깨 쪽을 좌혈랑검
으로 그었다.

서걱.

옷자락 잘리는 소리가 울렸다.

모두는 입을 크게 벌렸다.

옆에 있던 악비광은 한빈의 팔을 살폈다.

"형님, 괜찮으십니까?"

"왜 호들갑이냐?"

"왜 형님 어깨에 칼질을 하시고……."

"잘 봐라."

한빈은 자신의 어깨를 가리켰다.

한빈이 어깨를 살짝 흔들자, 단검에 베어진 옷자락이 펄럭
이며 속살을 드러냈다.

순간 악비광의 표정이 풀렸다.

"아, 다행이군요."

다른 이들도 악비광과 마찬가지로 가벼운 탄성을 흘렸다.

한빈이 팔은 그은 것이 아니라 겉의 의복을 그었다는 것을 깨달은 것이다.

모두의 탄성 소리가 흐려질 때, 한빈은 덜렁거리는 의복을 가차 없이 뜯어냈다.

부욱.

순식간에 한빈의 팔뚝이 드러났다.

한빈은 자세를 낮추고 자신의 어깨를 원경에게 보여 줬다.

"자세히 보거라."

한빈은 자신의 어깨가 잘 보이게 원경의 눈앞에 들이밀었다.

한빈의 행동에 원경은 마른침을 꼴깍 삼켰다.

무엇을 보라는 것인지 알 수 없었다.

팔뚝은 보통 무인의 팔보다 가늘었으며, 일반인과 똑같았다.

거기에 자자형으로 두 줄이 그어진 자신의 어깨와는 다르게 한빈의 어깨는 깨끗했다.

대신에 작은 검상들이 여기저기 남아 있을 뿐이었다.

원경이 멍하니 있자, 한빈이 말을 이었다.

"어때? 자자형 따위는 없지?"

"네, 없습니다. 그런데 뭘 보라고 하신 건지 잘 모르겠습니다, 공자님."

원경의 말에 한빈은 허리를 들어 모두를 바라봤다.

한빈은 진지한 표정으로 말을 이었다.

"큰 도적은 자자형 따위는 받지 않는다."

"네? 그게 무슨 말씀이신지……."

"진짜 큰 도적은 누명 따위는 쓰지 않는다."

"……."

원경은 아무 말도 못 했다.

지금 한빈이 무슨 소리를 하는지 감이 안 잡혔기 때문이다.

한빈 자신이 도둑이라고 하는 것 같긴 한데, 왜 자신을 도적이라 낮추는지도 난감하기 그지없었다.

그때 한빈이 악비광의 소매를 잡았다.

그러고는 가차 없이 뜯어냈다.

부욱.

옷이 찢어지며 악비광이 맨살이 드러나자, 한빈이 말을 이었다.

"다들 봐라. 큰 도적은 자자형 따위는 받지 않는다."

모두는 눈을 크게 떴다.

수적들에게 산동악가의 악비광은 공포 그 자체였다.

그런데 그런 악비광의 옷소매를 가차 없이 뜯어낸 것이었다.

거기에 악비광에게도 도적이라 했다.

모두가 난데없는 상황에 입을 떡 벌리고 있을 때 악비광이 발끈했다.

"형님, 내가 도둑이라는 얘기입니까?"

"넌 잠시 기다리고."

한빈은 고개를 돌려 수적 무리와 원경을 바라봤다.

그러고는 기세를 피워 냈다.

한빈이 스멀스멀 기세를 드러내자, 모두의 눈이 커졌다.

물론 한빈이 평소에 사용하던 반박귀진을 풀었기 때문이다.

거기에 고의로 천천히 기세를 끌어올리고 있었다.

한빈의 기세가 객잔 안을 장악했다.

분위기가 무르익자 한빈이 말을 이었다.

"내가 말하는 것은 영웅과 도적은 한 끗 차이라는 거다."

"그게 무슨……."

원경이 놀라 물으려다가 입을 닫았다.

한빈이 아직 기세를 거두지 않았기 때문이다.

한빈은 기세를 거두지 않은 채 표정만 바꿨다.

그는 사람 좋은 얼굴로 말을 이었다.

"큰 도적은 사람의 마음을 빼앗고, 작은 도적은 물건을 빼앗는다."

"……."

"나는 큰 도적이나 작은 도적이나 모두 환경이 만든다고 생각한다. 나는 너희에게 큰 도적이 될 기회를 주겠다."

"……."

"나와 같이 사람의 마음을 빼앗아 보겠느냐?"

"……."

원경은 아무 말 없이 한빈을 바라봤다.

대신 원경의 어깨는 계속 움찔했다.

마음보다 몸이 먼저 반응한 것이다.

원경은 자신도 모르게 자리에서 일어났다.

그러고는 조용히 포권했다.

"부탁드립니다, 공자님."

원경을 시작으로 모두가 자리에서 일어났다.

탁, 탁.

자리에서 일어난 그들은 한빈을 바라보며 조용히 포권했다.

그때 원경이 한빈을 나지막이 불렀다.

"저희를 큰 도적, 아니 영웅으로 만들어 주실 수 있는 겁니까?"

"아직도 의심하느냐?"

"……."

"증거를 보여 줄까?"

"증거라니요?"

"내가 너희의 마음을 훔치지 않았느냐? 세상에 대한 원망

으로 가득 찬 네 마음을 훔쳤는데, 다른 자의 마음이라고 못
훔치겠느냐?"

"아."

원경은 입을 탁 벌렸다.

모두가 한빈과 원경을 바라보며 고개를 끄덕이고 있을 때,
유난히 바삐 움직이는 사람이 있었다.

그것은 설화와 청화였다.

둘은 연신 먹을 갈아 대고 있었다.

청화가 물었다.

"언제까지 갈아야 해요? 언니."

"인원이 많으니 몇 번 더 갈아야 할 거야, 청화야."

"생각보다 힘드네."

"이게 아무것도 아닌 듯 보여도 검을 휘두르는 것보다 힘
들어. 일 다 끝나고 나면 점소이 아저씨한테 부탁해서 간식
거리 준비하게 할 테니 힘내."

"알았어요, 언니."

한빈은 고개를 돌려 열심히 먹을 가는 설화와 청화를 확인
한 뒤 소대섭을 비롯한 적혈맹호대에게 말했다.

"얘들아, 손님 받아라."

한빈의 말에 조호가 활짝 웃으며 번개처럼 달려왔다.

필유아사

한빈 앞에 선 조호는 마치 먹이를 발견한 맹수처럼 눈을 빛냈다.

그 모습에 한빈이 말했다.

"침 닦아라, 조호야."

물론 실제로 침이 흐르지는 않았다.

하지만 표정만 보면 침을 흘리고도 남을 것 같은 느낌이다.

한빈의 말에 조호가 소매로 침을 닦는 시늉을 했다.

"아! 네, 알겠어요. 주군."

조호의 표정은 진심이었다.

그 모습에 한빈이 묘한 웃음을 지었다.

"조호야, 하나만 묻자."

"네, 주군. 말씀하세요."

"계약서를 쓸 수 있을 정도로 글공부는 끝낸 것이냐?"

"계약서요?"

"손님 받으려면 그 정도는 준비해야 하지 않겠느냐?"

"앗, 제가 거기까지는……."

조호가 말끝을 흐리며 눈을 크게 떴다.

자신의 이름 석 자와 복잡하지 않은 문장 몇 줄 정도는 베낄 수 있지만, 계약서를 쓸 정도는 아니었다.

당황한 조호의 모습에 한빈이 활짝 웃었다.

"글자 좀 모른다고 영웅이 못 되는 건 아니지. 하지만 영웅마다 자신의 몫이 있는 법."

"주군, 제가 생각이 모자랐네요."

"뭐, 글은 됐으니 어깨를 펴라."

"네? 그게 무슨 말씀이세요?"

"글공부가 좀 모자란다고 계약서 따위를 못 쓰는 일은 없다."

말을 마친 한빈은 설화가 갈아 놓은 먹이 있는 쪽으로 가서 붓을 잡았다.

그러고는 일필휘지로 내용을 썼다.

순간 조호의 눈이 커졌다.

한빈이 이제까지 적은 계약서와는 전혀 달랐던 것이다.

겨우 한 줄에 불과한 문장만이 종이 위에 있었다.

이것은 조호도 따라 쓸 수 있는 문장이었다.

문장을 다 쓴 한빈은 기지개를 켜며 당기명을 바라봤다.

"오늘은 피곤하니 나머지는 내일 이야기하도록 하지요."

"지금 아침인데 벌써 쉬시게요?"

"원래 아침에 일찍 일어나는 새는 일찍 쉬는 법이지요."

"그렇군요."

당기명은 반사적으로 고개를 끄덕이며 한빈이 써 놓은 문장을 바라봤다.

신체발부(身體髮膚) 주군에게 맡기니. 어떤 일이 있어도 주군인 한빈을 따를 것을……

문장을 다 읽은 당기명은 입을 벌렸다.

"아."

그것은 영웅이 되기 위한 계약이 아닌 노예 계약에 가까웠다.

한마디로 계약서는 등잔불, 수적이 될 뻔한 무리는 불나방들이었다.

한빈은 한 무리의 불나방을 내버려 둔 채 아무렇지도 않게 이 층으로 사라졌다.

멍하니 한빈을 바라보던 당기명은 고개를 돌려 조호를 바라봤다.

조호는 한빈이 써 준 문장을 맹목적으로 옮겨 적고 있었다.

그 옆에서 팔짱을 끼고 있던 장삼이 외쳤다.

"줄을 서시오!"

장삼의 외침에 원경을 비롯한 수적 무리가 우르르 몰려들었다.

당기명은 일사불란하게 움직이는 모습을 보고 천장을 바라봤다.

이 모든 것이 체계적이었다.

물론 약속된 행동은 아니었지만, 오랫동안 한빈과 함께했던 장삼과 소대섭은 아무렇지도 않게 계약을 진행했다.

그들의 행동은 마치 밥을 먹고 나면 당연히 물을 마셔야 하는 것처럼 자연스러웠다.

그것도 잠시, 당기명은 주먹을 불끈 쥐었다.

사람의 마음을 움직이는 만큼 가주의 병세도 움직일 수 있을 것 같다는 말도 안 되는 생각이 들었기 때문이다.

문밖을 보니 해는 점점 중천에 가까워지고 있었다.

삼 일 뒤 영단산 입구.

해가 중천에 떴을 때 한빈 일행은 잠시 길에서 멈췄다.

모두는 두 갈래 길에서 양쪽을 번갈아 바라보고 있었다.

첫 번째 길은 저번처럼 영단산을 가로질러 가는 길이고 또 한 길은 영단산 옆 잔도로 돌아가는 길이다.

한빈이 팔짱을 끼고 양쪽 길을 보며 관자놀이를 톡톡 치자, 악비광은 옆으로 슬그머니 붙었다.

"형님, 바로 이곳이었죠?"

"그래, 네가 우리를 버리고 간 게 바로 이곳이었지."

"제가 언제 형님을 버리고 갔습니까? 그리고 형님이 빨리 가 보라고 하지 않았습니까?"

"뭐, 그게 그거지."

"제가 없어도 무사히 하남정가까지 가시지 않았습니까?"

"네가 가고 여기서 어떤 일이 벌어졌는지는 알고 있지?"

"대충 소문은 들었습니다. 사파와 마교 사이에 전쟁이 났다고 하더라고요."

"비슷한 일이 있었지……."

"사실 걱정했습니다. 그런데 나중에 소식을 들으니 형님께서는 그 틈을 타서 무사히 도망치신 것 같아서 안심했습니다."

"잘 알고 있네."

한빈은 빙긋 미소를 지었다.

사실과는 다르지만, 강호에는 악비광이 들었던 이야기대

로 알려진 것 같았다.

어찌 보면 한빈이 원하는 대로였다.

악비광과 대화를 나누던 한빈은 시선을 새로 함께하게 한 원경에게 돌렸다.

"원경아, 이리로 좀 와라."

"주군……. 왜 그러십니까?"

녀석은 힐끔 고개를 돌리더니 겁먹은 듯 천천히 한빈의 곁으로 다가왔다.

그도 그럴 것이 한빈은 장하 옆 객잔을 떠나기 전, 영웅이 되고 싶으면 목숨을 내놓으라고 으름장을 놨었다.

그 때문에 열다섯 중 남은 것은 고작 일곱 명.

원경은 남은 일곱에 속했다..

하지만 아직 한빈이 못 미더운 듯 경계하는 눈빛이다.

거기에 더해 주군이란 말도 입에 붙지 않는 듯 조심스러웠다.

한빈은 씩 웃으며 두 개의 길을 번갈아 가리켰다.

"네가 보기에는 어디로 가는 것이 좋겠느냐?"

"음, 그걸 왜 제게 물어보십니까?"

"시험이다."

"무, 무슨 시험입니까?"

원경은 눈을 동그랗게 떴다.

"생존 본능에 대한 시험이다."

"새, 생존 본능이요?"

녀석은 살짝 말을 더듬으며 한빈을 바라봤다.

"네가 고르는 길이 사로(死路)도, 생로(生路)도 될 수 있으니 신중히 생각해라."

"헉!"

녀석의 비명에도 한빈은 그저 웃기만 했다.

사실 갈 길은 정해졌다.

한빈이 원하는 것은 녀석의 측을 극한까지 끌어올리는 일이었다.

한빈의 사람 좋은 모습에 원경은 한쪽을 가리켰다.

"저는 저쪽이 좋을 것 같습니다."

"그래, 알았다. 그러면 저쪽으로 가도록 하자."

"네? 그게 무슨 말씀입니까? 정말 제가 가자고 해서 길을 정하신 겁니까?"

"당연하지."

한빈은 씩 웃으며 돌아섰다.

그 모습을 옆에서 보던 당기명은 속으로 혀를 찼다.

원경이 가리킨 곳과 한빈이 지도에서 설명한 경로는 똑같았다.

원경이 그쪽으로 가자고 했든 말든 갈 길이었다.

하지만 막상 영단산을 가로질러 가자니 물어보지 않을 수 없었다.

"팽 공자님."

"왜 그러세요? 당 공자."

"하필이면 왜 이쪽입니까?"

"가장 빠르지 않습니까?"

"이쪽은 강남 사도련의 성지가 조성되고 있는 곳 아닙니까? 일반 백성들이야 산적이 없으니 더 안전하다고 해도, 요즘 들어 정파와 날을 세우고 있는 사파의 본거지를 지나기에는 껄끄럽지 않으십니까?"

"옛말에 그런 말이 있죠?"

"무슨 말입니까?"

"구더기가 무서우면 장을 담그지 말란 이야기요."

"뭔가 좀 이상한데요?"

"뭐, 어쨌든 구더기가 앞을 막든 독이 묻은 암기가 길을 막든 저희는 상관할 바가 아닙니다."

"혹시, 독이 묻은 암기는 우리 당가를 말씀하시는 건가요?"

"설마 제가 천하의 사천당가를 구더기에 비유하겠습니까?"

"……."

"중요한 것은, 우리의 일정을 막는 것이 사파라면, 적이 명확해지지 않습니까? 어찌 보면 이것도 기회입니다."

"그런 뜻이……."

말끝을 흐린 당기명은 슬쩍 오기가 생겼다.

무가지회가 왜 열렸는가?

사천당가는 십대세가의 정보가 필요해서 주최했지만, 무가지회의 본질은 사파에 대항할 힘을 만들자는 것이었다.

그 적이 눈앞에 있는데 두려워한다?

이것 말이 안 되었다.

그때였다.

덜그럭.

수레바퀴 소리에 뒤를 돌아보니 상인들이 영단산을 가로지르기 위해 입구로 들어서고 있었다.

상인 행렬이 지나가자 한빈이 당기명에게 속삭이듯 말했다.

"사파 덕분에 이곳을 지나는 상인들도 늘었다고 합니다."

"네? 그게 무슨 말씀입니까? 사파 때문에 이곳을 지나는 상인이 늘어나다니요? 반대가 아닙니까?"

"산적보다는 사파가 훨씬 낫지 않습니까? 껄끄럽긴 해도 사파는 말이 통하는 집단이니까요. 사파 덕분에 영단산뿐 아니라 근처 산적도 뿔뿔이 흩어졌다는 소문입니다. 뭐, 원래 사파의 보호를 받던 상인들도 있고요. 이곳을 지나는 상인들은 사파가 우리 정파보다도 고마울 겁니다."

"음, 그럴 수도 있겠네요."

"그럼 여기서 문제 하나를 더 내지요. 그들이 좋아하는 개는 백구일까요? 흑구일까요?"

"흠."

당기명은 적잖게 놀라며 한빈을 바라봤다.

정파와 사파를 흰 개와 검은 개에 비유해서 말하고 있다는 자체가 기가 막힌 일이었다.

한빈은 아무렇지도 않게 말을 이었다.

"그냥 잘 짖는 개를 좋아하겠지요."

"그게 무슨 말씀입니까?"

"아마 이게 무가지회에서 논의되어야 할 최선이 아닐까 합니다."

"……."

당기명은 아무 말 못 하고 한빈을 바라봤다.

마치 고승과 선문답을 주고받는 느낌이었기 때문이다.

그때 한빈은 조용히 마차로 올라서서 손뼉을 쳤다.

"소 대주, 이제 출발하지."

"네, 주군."

마차 앞, 마부석에 앉아 있는 소대섭은 기분 좋게 말고삐를 잡아당겼다.

휘이잉.

말이 투레질하자 천천히 마차 바퀴가 굴러갔다.

한빈의 마차가 점점 멀어지자, 뒤쪽에서 비둘기 한 마리가 날아올랐다.

푸드덕.

비둘기가 향한 곳은 묘하게도 영단산의 정상이었다.

누가 봤다면 한빈의 움직임과 비둘기가 향한 방향은 우연
이 아니었다고 할 것이었다.

하지만 한빈 일행이 탄 마차는 아무 일도 없다는 듯 천천
히 정상을 향해 나아갔다.

그도 그럴 것이 조용히 날아오른 비둘기의 날갯짓은 다른
산새 소리에 묻혔기 때문이었다.

그날 오후.

날이 저물자 한빈의 마차는 산 중턱에서 멈췄다.

언제나 그러하듯 어두운 길에 횃불만으로 산을 넘어간다
는 것은 자살행위였다.

고수만으로 구성된 행렬이라면 최소한의 짐으로 산을 넘
는 것이 가능했지만, 지금처럼 마차에 짐을 싣고 넘어가는
것은 불가능했다.

사람이 아닌 말이 견뎌 내지 못하기 때문이었다.

말이 멈추자 조호가 쪼르르 달려가 말에게 물과 건초를 준
다.

소대섭과 장삼은 바닥을 정리하고 노숙할 채비를 마쳤다.

모든 것이 눈 깜짝할 사이에 이루어졌다.

모든 준비를 마친 장삼과 조호는 새로 일행에 합류한 무리에게 노숙할 때 필요한 일들을 하나하나 가르치고 있다.

그 모습을 바라보던 당가의 무사들은 눈을 동그랗게 떴다.

한눈에 보기에도 자신들과는 비교가 안 될 정도로 강호 경험이 많아 보였기 때문이다.

그들 중 수장인 당독대는 슬쩍 소대섭에게 다가갔다.

사천까지 함께해야 할 일행의 정보를 얻기 위해서였다.

당독대는 소대섭을 향해 정중히 포권했다.

"안녕하십니까? 저는 사천당문의 당독대라고 합니다. 어쩌다 보니 이제야 인사를 드립니다."

"반갑습니다. 저는 사 공자님을 주군으로 모시고 있는 소대섭이라고 합니다. 부업으로 적혈맹호대를 맡고 있기도 하지요."

소대섭도 마주 포권했다.

포권을 푼 당독대는 기분 좋게 웃음을 흘렸다.

"허허, 부업이요?"

"뭐, 적혈맹호대는 하북팽가에서 내려 준 칭호지만, 제가 사 공자님을 모시는 건 개인적인 사심이 담겨 있답니다."

"사심이라니요?"

당독대가 화들짝 놀라 묻자, 소대섭이 손을 내저으며 말을 이었다.

"일류의 경지도 버겁던 게 얼마 전인데 이제는……."

나뭇가지를 다듬는 소대섭의 단검에 푸른 검기가 살짝 맺혔다.

소대섭이 자신의 경지를 검으로 직접 보여 준 것이다.

그 모습에 당독대가 눈을 크게 뜨며 말했다.

"설마요……. 얼마 전까지 일류의 경지도 버거웠다는 분이 검기를 피워 올리십니까? 겸손이 지나치십니다."

"겸손은 아닙니다. 뭐 죽을 고비는 꽤 넘겼지만, 아마 그때 죽었더라도 후회는 안 했을 겁니다."

"……."

당독대는 소대섭을 물끄러미 바라봤다.

소대섭이 보여 준 경지는 분명 초절정이었다.

당독대의 경지는 지금 절정에서도 마지막 단계였다.

이제 초절정의 끝자락을 잡기 위해 밤낮없이 수련에 임하는 중이었다.

사실 사천당문의 특성상 성취가 조금 느리기는 하다.

일반 무공뿐 아니라 암기와 독까지 섭렵해야 진정한 사천당문의 일원으로 인정받기 때문이다.

그래서 강호 속담에 사천당가의 고수는 다른 문파의 경지의 한두 단계를 뛰어넘는다는 말이 있다.

당독대도 일대일 대결에서는 소대섭에게 밀리지 않으리라

는 자신감을 가지고 있었다.

하지만 주군을 향한 저 진심만은 따라잡을 수 없을 것 같았다.

당독대의 얼굴이 상대에 대한 호감으로 물들 때였다.

소대섭이 외쳤다.

"숙여!"

다급하게 목소리를 낸 소대섭은 당독대의 어깨를 눌렀다.

깜짝 놀란 당독대가 소대섭의 힘에 바닥에 엎드렸다.

소대섭의 목소리가 심상치 않았기에 그도 따라 움직였다.

동시에 머리 위로 파공성이 울렸다.

팡!

그 파공성은 점점 멀어지더니 멀리 있는 바위에서 멈췄다.

그러고는 굉음을 냈다.

쾅!

바위가 쪼개질 듯한 소리.

순간 당독대는 허리에 찬 병장기를 잡았다.

그러고는 다급하게 외쳤다.

"망격진(忘擊陣)을 펼쳐라!"

순간 사천당가의 무사들이 일사불란하게 움직였다.

모두는 당독대가 틀어쥔 것처럼 병기를 잡고 있었다.

그들이 잡은 것은 검이 아닌 우산이었다.

그것은 망격산(忘擊傘)이라 불리는 사천당가 특유의 병기였다.

망격산은 적의 공격을 잊게 만든다고 해서 이름 붙여진, 우산 모양의 병기.

등에 메고 다니면 사람들은 우산이라 생각할 정도로 평범하게 생겼다.

하지만 그것을 펼치게 되면 성인 셋을 덮을 정도의 방어진을 구축할 수 있다.

암기에 능한 만큼, 사천당가는 대처하는 방법도 남달랐다.

당독대는 재빨리 망격산을 펼쳤다.

팍!

사천당가의 무사들도 당독대처럼 재빨리 망격산을 펼쳐 적의 암기에 대항했다.

팍. 팍.

덕분에 고요했던 산 중턱에는 소란이 일어났다.

사천당가가 망격산을 펼치며 방어진을 구축하자, 검은색 장막이 우산 모양으로 전방을 향했다.

망격산과 망격산이 겹쳐지자 검은 장막, 아니 철벽처럼 느껴졌다.

동시에 누군가가 약속한 듯 가운데 피워 놨던 모닥불을 껐다.

당독대는 그제야 한숨을 돌리며 소대섭을 바라봤다.

그는 눈을 가늘게 떴다.

조금 전까지 자신의 옆에 있던 소대섭이 없어졌기 때문이다.

생각해 보니 모닥불을 끈 것은 소대섭과 그 일행 같았다.

당독대는 이제 당기명이 있을 만한 곳을 찾기 시작했다.

그것도 잠시, 당기명은 마른침을 삼켜야 했다.

망격진 안에는 당기명의 기척이 느껴지지 않았기 때문이다.

당독대가 찾는 당기명은 이 위기의 순간에 어디에 있었을까?

당기명은 지금 커다란 나무 뒤에 몸을 숨긴 뒤 주변을 살피고 있었다.

당기명은 머리 위로 파공성이 울리자마자 재빨리 자리를 벗어났다.

최선의 공격이 최선의 방어라고 생각했기 때문에 내린 판단이었다.

하지만 그것이 섣부른 판단이었다는 것은 암기가 바위에 부딪힌 후 알게 되었다.

암기의 정체는 확인하지 못했지만, 가공할 만한 힘임을 확인할 수 있었다.

만약 저기에 맞았다면?

아마도 몸이 허공에서 터질 수도 있었다.

누가 저런 암기를 날릴 수 있을까?

사천당가 출신인 당기명이 봤을 때도 모골이 송연해질 정도의 위력이었다.

이번 한 수의 대단한 점은 초식 때문만은 아니었다.

상대는 저 암기에 내공도 싣지 않고 단순히 힘으로 날렸다.

힘으로 이렇게 무식하게 암기를 날릴 수 있는 인간이 무림에 몇이나 있을까?

상대는 상상도 못 할 고수라 판단이 되었다.

그런 고수가 자신의 등을 노렸다라?

상황을 머릿속에 그린 당기명은 자신도 모르게 마른침을 삼켰다.

눈도 깜빡이지 않고 주변을 바라봤다.

적이 있는 위치라도 찾고 싶었다.

하지만 주변에서 느껴지는 기척은 없었다.

그의 심장은 미칠 듯 팔딱팔딱 뛰고 있었다.

쿵, 쿵.

두려움과 분노가 적절히 섞여 당기명의 가슴을 자극했다.

암기와 독에 있어서라면 천하제일인 사천당가에서, 확인도 안 된 암기 때문에 겁을 먹고 자라처럼 목을 쑥 집어넣고 있다라?

이것은 어울리지 않았다.

결심한 당기명은 큰 나무 뒤에서 나와 어둠 속을 향해 검을 뻗었다.

물론 한 손에는 망격산을 쥐고 있었다.

언제든 방어할 태세를 갖춘 것이다.

그 상태에서 어둠 속을 향해 외쳤다.

"누군지 정체를 밝혀라!"

내공을 담은 목소리는 산 전체를 덮기에 충분했다.

하지만 상대는 묵묵부답.

그때였다.

당기명의 옆으로 암기 하나가 스쳐 지나갔다.

피슝!

그것은 시작에 불과했다. 어디서 날아오는지도 모르는 암기가 계속 쏟아지기 시작했다.

당기명은 검으로 암기를 쳐 냈다.

팅.

하지만 암기는 비처럼 쏟아졌다.

당기명이 쳐 내지 못한 암기는 그의 옆을 스쳤다.

그 암기는 뒤쪽에 있는 사천당가의 무사들이 받아 낼 수밖에 없었다.

팅, 팅.

사천당가 무사들이 펼친 망격진이 암기를 튕겨 냈다.

그 소리는 마치 칠현금을 튕기는 소리처럼 가늘게 산자락에 울렸다.

가끔 조금 더 둔탁한 소리가 들리기도 했다.

탕, 탕.

둔탁한 소리가 들릴 때면 망격진이 살짝 흔들렸다.

사천당가의 망격진은 암기 일변도의 공격을 수월하게 막았다.

그렇게 비슷한 상황이 지속되고 있을 때였다.

망격진을 펼친 공간의 뒤쪽에서 함성이 들리기 시작했다.

와아!

타다닥, 타다닥.

제법 많은 인원이 달려오는지, 여러 명의 발소리가 어우러진다.

그 소리에 당기명은 몸을 돌려 사천당가의 무사가 있는 쪽으로 합류하려 했다.

하지만 계속해서 암기는 쏟아졌다.

팅, 팅.

당기명은 입술을 질끈 깨물며 암기를 쳐 내기에 바빴다.

망격진의 약점은 바로 후면이었다.

앞쪽에 펼쳐 놓은 망격산은 태산처럼 흔들리지 않지만, 뒤쪽은 태풍에 흔들리는 썩은 고목과도 같았다.

그때였다.

사천당가의 뒤쪽에서 소대섭이 외쳤다.

"뒤쪽은 우리가 맡는다!"

"저는 준비됐습니다, 대주!"

조호가 칼을 세우며 외치자 장삼도 옆에 섰다.

하지만 새로 합류한 원경과 그 무리는 난데없는 상황에 몸도 가누지 못하고 우왕좌왕하고 있었다.

그때 소대섭이 외쳤다.

"지금이 영웅이 될 기회다! 다들 내 뒤를 따르라!"

"모두 대주를 따르자, 우리는…….."

조호가 함성을 질렀다.

"우리는 적혈맹호대다!"

장삼이 구호를 마무리 지었다.

쭈뼛대던 원경도 소대섭의 뒤를 따르며 박도를 세웠다.

사실 원경은 이런 경험이 처음이었다.

악비광을 만났을 때도 이렇게 생명의 위협을 느끼지는 않았다.

지금 그가 당황하는 이유는, 어둠 속에서 쏟아지는 암기 세례가 태어나서 처음이어서만은 아니었다.

그것만 해도 다리가 후들거리는데, 지금 한 무리의 적이 흉흉한 기세로 다가오고 있기 때문이었다.

원경은 이렇게 죽을 고비를 넘기는 것이 영웅이 되는 길이라면 사양하고 싶었다.

영웅이 되고 싶다기보다는, 무공을 배워서 괄시받지 않고 살고 싶을 뿐이었다.

떨리는 손으로 박도를 잡은 원경은 고개를 갸웃했다.

자신이 선택한 길 중에 위험을 자초한 적은 없었다.

비록 최선은 아니었지만, 자신이 선택한 길의 끝에는 항상 최악의 위험은 벗어난 결과가 있었다.

그런데 오늘만큼은 그 선택이 틀린 것 같았다.

사천당가 무사들이 막고 있는 무지막지한 암기와 반대쪽에서 몰려오는 사람들을 봤을 때는 빠져나갈 구멍이 없었다.

영웅을 만들어 주겠다고 꼬드긴 한빈이 원망스럽기 그지없었다.

객잔에서 한빈을 떠날 것을, 괜히 따라왔다는 후회뿐이었다.

그때였다.

원경의 머릿속에 의문이 생겼다.

왠지 머릿수가 비는 느낌이 들었기 때문이었다.

가장 눈에 띄어야 할 한빈과 악비광이 없었다.

거기에 시녀도……

하지만 원경은 생각을 이어 나가지 못했다.

앞쪽에서 병장기 부딪치는 소리가 울리기 시작했기 때문이다.

챙! 챙!

원경은 자신도 모르게 이를 꽉 깨물었다.

병장기 소리가 산중을 깨우고 있을 때, 한빈은 조용히 아래를 내려다보고 있었다.

한빈이 있는 곳은 모든 싸움을 한 눈에 볼 수 있는 바위 위였다.

한빈은 적의 기척을 느끼자마자 몇 명만 데리고 이 바위로 자리를 옮겼다.

적혈맹호대와 사천당가의 무사가 절체절명의 위기를 겪고 있는 바로 이 순간, 한빈의 표정은 여유롭기만 했다.

하지만 옆에 있는 악비광은 손에 쥔 창을 부르르 떨고 있었다.

무서워서 떠는 것이 아니었다.

지금은 아군이 밀리고 있는 상황.

당장 그들을 도와야 했지만, 한빈이 악비광의 발을 묶어 놓은 상태였다.

어떤 일이 있어도 나서지 말라는 지시였다.

드르륵, 드르륵.

악비광의 창이 바위와 부딪히며 울음을 토해 냈다.

"형님, 지금 무슨 짓입니까? 저들을 죽일 셈입니까? 이대로면 사천당가도 그렇고 적혈맹호대도 다 전멸입니다!"

"내가 언제 쟤들을 죽인대?"

한빈이 어깨를 으쓱하자, 악비광이 분하다는 표정으로 물었다.

"그런데 왜 이렇게 보고만 있습니까? 여기서 손 놓고 구경하는 게 말이 됩니까?"

"누가 손 놓고 구경한다고 그래. 여기 술병 쥐고 있잖아."

한빈은 손에 든 술병을 흔들었다.

악비광으로서는 그 모습을 이해할 수가 없었다.

"아, 형님."

"너도 한잔해."

"형님, 이러실 줄은 몰랐습니다. 어떻게 이렇게 구경만 하고 있습니까?"

"내가 구경만 하는 걸로 보여?"

"그럼요?"

"소리 지르지 말고 자세히 봐."

"뭘 말입니까?"

"지금 날아오는 암기부터 봐."

"그 암기가 어쨌다고 그러……."

악비광은 말끝을 흐렸다.

이제까지 날아오는 암기의 종류가 뭔지는 알아보지도 않았다.

악비광은 한빈이 이야기하자 그제야 암기의 정체를 파악하려 노력했다.

귀를 기울이자 묘한 소리가 악비광의 귀에 들어왔다.

슝.

팅!

이것은 일반 쇳소리가 아니었다.

사천당가 무사들이 튕겨 내는 소리는 들어 본 적 없을 정
도로 날카로웠기 때문이었다.

악비광이 다급하게 한빈을 바라봤다.

"저 암기가 무엇입니까? 혹시 마교인들입니까?"

"암기 물어봤더니 거기서 마교가 왜 나와?"

"꼭 천산 산맥에서 난다는 마철로 만든 무기의 소리 같아
서 그럽니다."

"비광아."

"자꾸 부르시지 마시고 저들의 정체부터 말씀해 주십시
오."

악비광은 눈썹까지 살짝 떨며 재촉했다.

그때였다.

악비광의 옆에 하얀 신형이 나타났다.

스르륵.

덕분에 악비광은 놀라 뒷걸음쳐야 했다.

하얀 신형의 정체는 설화였다. 설화는 뭐가 문제냐는 듯
악비광을 바라보며 고개를 갸웃했다.

한빈은 반가운 얼굴로 말했다.

"주워 왔어?"

"네, 공자님. 여기요."

설화는 옷소매에서 뭔가를 털어 냈다.

또르륵.

설화가 털어 낸 것은 다름 아닌 밤이었다.

그것도 껍질이 거진 다 까진 밤.

한빈은 그 밤을 잡아서는 엄지로 툭 하고 껍질을 벗겨 냈다.

그러고는 입 속에 털어 넣었다.

그 모습에 악비광이 말했다.

"형님, 이제는 안주까지⋯⋯."

"잠시만 비켜 봐!"

한빈이 손짓하자 악비광은 이를 악물고 옆으로 비켰다.

그곳에는 청화가 있었다.

청화가 한빈의 앞으로 오더니 소매 속에 있는 것을 또 털어 냈다.

또르륵.

이번에 떨어진 것은 도토리였다.

"청화도 수고했다."

"뭘요. 이 정도는 언제든지 시켜 주세요, 공자님."

청화는 설화의 옆에 앉아 찹쌀떡을 먹기 시작했다.

악비광의 눈썹이 꿈틀했다.

이제는 형님이고 나발이고 자신이 나서야 할 때라고 생각하고 눈을 빛냈다.

'이놈의 집안은 어찌 다 이 모양이야!'

한빈을 원망했지만, 목소리를 내지는 않았다.

그때 한빈이 말을 이었다.

"그놈의 도토리가 아주 잘 익었네, 묵을 해 먹어도 맛깔나겠어."

"형님, 저라도 가 보겠습니다."

"그래 가려면 가. 그런데 암기는 확인하고 가야지."

"암기라니요?"

"이제껏 보고 뭔 소리야?"

한빈은 도토리와 밤을 가리켰다.

도토리와 밤을 본 악비광은 입을 크게 벌렸다.

그때였다.

팅.

팅.

계속해서 소리가 울리고 있었다.

사천당가가 암기를 쳐 내는 소리였다.

악비광이 귀를 쫑긋하자, 한빈은 나지막한 목소리로 말했다.

"저 소리는 도토리. 조금 더 묵직한 것은 밤."

이어서 묵직한 소리가 울렸다.

탕, 탕.

악비광은 자신도 모르게 입을 크게 벌렸다.

그 모습에 한빈이 물었다.

"적을 알고 나를 알면 뭐라고 했지?"

"흠, 그러니까. 백 번을 싸워도 위태로움이 없다고……."

악비광이 말끝을 흐렸다.

적잖게 당황한 것이었다. 그 모습에 한빈이 말을 이었다.

"그래, 그런데 그건 실력이 비슷할 때 이야기고. 지금 같은 경우는 뭐다?"

"……."

"뭐, 묵사발 된다고들 하지."

한빈은 바닥에 떨어진 도토리를 가리켰다.

악비광은 잠시 침묵했다.

그것도 잠시, 그는 이를 악물고 말을 이었다.

"묵사발이 되더라도 저는 가 봐야겠습니다."

"뭐, 가도 되긴 해. 도토리묵이 되고 싶으면……."

"네, 도토리묵이든 메밀묵이든 상관없습니다. 저들 중 단하나의 목을 벨 수만 있다면……."

"허, 우리 비광이 진심이네. 잘 생각해 봐. 저자가 우릴 죽이려면 언제든 죽였어."

한빈은 도토리와 밤이 암기가 되어 날아가는 쪽을 가리켰다.

팅, 팅.

탕.

챙, 챙.

아직도 암기는 소나기처럼 쏟아지고 있고 반대쪽에서는 병장기 부딪치는 소리가 끊임없이 울리고 있었다.

하지만 바닥에 쓰러지는 자는 아무도 없었다.

이것은 악비광이 생각지 못한 상황이었다.

묘하게 동수를 이룬다라?

사실 목숨을 걸고 싸우는 전장에서 저런 일은 있을 수 없었다.

악비광은 말없이 한빈을 바라봤다.

"……."

의문을 품은 악비광의 한빈이 말을 이었다.

"왜 안 죽였겠어? 그리고 저들은 과연 누굴까? 사파가 장악하고 있는 이 산에서 말이야."

"사파는 아직 정의맹과 협약을 깨지 않았으니 그들은 아닐 테고……."

"그럼 누굴까?"

"사파가 장악하고 있는 영단산에서 큰일을 벌일 만한 자를, 형님은 아십니까?"

"대충 알긴 알아."

"대체 누굽니까?"

"궁금하면 철전 다섯 닢."

"네, 내겠습니다. 형님."

"저 앞에 오는 놈들 봐 봐. 낯이 익지?"

한빈이 검지로 어딘가를 가리켰다.

한빈의 검지를 따라 시선을 돌린 악비광의 눈이 커졌다.

"헉!"

비명을 지른 악비광은 눈을 비볐다.

"우리 비광이도 알아보네."

"저건 산서삼살 중 막내 아닙니까? 편육랑아라고 불리는 놈 말입니다."

"그래. 저놈은 편육랑아고 저쪽에서 소 대주와 대결을 벌이는 놈은 첫째인 흑의살풍이지."

"헉, 그런데 산서삼살이라면 그때 형님과……."

"돈독한 인연을 맺었던 친구들이지. 지금은 첫째와 셋째밖에 없지만 말이야."

한빈의 말에 악비광은 고개를 갸웃했다.

돈독하다는 말은 전혀 이해가 되지 않았다.

지난번에 산서삼살을 봤을 때만 해도, 한빈은 그들을 하인처럼 부려 먹었다.

그런데 이제 와서는 돈독하다는 말을 쓰다니!

하지만 당장은 다른 의문을 푸는 것이 먼저였다.

악비광이 미간을 좁히며 물었다.

"그럼 저들이 사파란 말입니까?"

"그럼 사파가 아니면 정파겠어?"

"사파가 왜 우리를……."

"아마도 시험해 보려는 거겠지."

"사파가 정파인 우리를 왜 시험해 봅니까? 게다가 사파와 정파 사이에는 아직 협약이 유효하지 않습니까?"

"누가 우리를 시험한다고 했어?"

"그럼요?"

"아마도 나를 시험해 보기 위해서 왔을 거야."

"그럼 암기를 날리는 절대고수는 누구입니까?"

"그건 비밀이야."

한빈은 씩 웃으며 어둠 속을 바라봤다.

저런 무위를 보여 줄 자라면 무림삼존에 버금가는 자일 것이다.

사파 중 무림삼존의 그림자라도 밟을 수 있는 자는 딱 두 명.

그중 하나가 바로 강남에 있다.

물론 한빈도 이자를 만나기 위해 영단산에 올랐다.

그래도 설마 했지만, 진짜 나타날 줄은 몰랐다.

영단산에서 한빈이 얻을 것은 딱 세 가지였다.

현재 적혈맹호대의 수준을 시험하고 싶었다.

그 시험을 강남 사도련이 대신해 주겠다니, 사실 고마웠다. 사천당가의 전력에 대한 평가는 덤이고 말이다.

둘째는 지금 암기를 날리는 고수와 만나는 것이다.

마지막 셋째는 바로 그 고수와 협상을 하는 것.

뭐, 첫째, 둘째는 현 상황에서 모두 이루어졌다고 봐야 했다.

문제는 세 번째 과제.

이건 앞으로 한빈이 하기 나름이었다.

한빈은 자리에서 일어나며 옷을 툭툭 털었다.

한빈이 일어나자 악비광이 물었다.

"왜 일어나십니까?"

"이제 슬슬 시험의 마무리를 지어야지."

"아까는 저를 말리시지 않았습니까?"

"그때는 때가 안됐고."

"그럼 지금은 때가 됐다는 말입니까?"

"네 말이 맞아. 아까는 설익었고 지금은 때가 된 거지."

"헉, 형님. 아까와 지금이 무슨 차이입니까?"

"지금 그 차이를 몰라서 물어보는 건 아니겠지? 진짜 모른다면 난 비광이한테 실망이야."

"형님, 그냥 말씀해 주십시오. 혹시 대가가 필요하면 후불로 하겠습니다."

"뭐, 그렇다면 얘기해 줄게. 잘 들어 봐."

"뭘 잘 들으라는……."

악비광은 말끝을 흐렸다.

생각해 보니 지금 소리가 달라졌다.

병장기 부딪치는 소리만 들리고 암기 날아오는 소리는 막힌 것이다.

"소리가 안 들리네요. 이유가 뭘까요?"

"도토리하고 밤이 다 떨어졌겠지. 무슨 이유가 있겠어?"

"네?"

"오늘은 영단산에 있는 다람쥐들이 포식하겠네."

"……."

악비광이 멍하니 어둠 속을 보자 한빈이 말을 이었다.

"이제부터는 여기에 가만히 있어. 움직이면 죽을지도 몰라. 아까부터 저것들을 날리던 사람의 성격은 좀 괴팍하거든."

"네? 괴팍하다니요?"

"뭐, 그런 게 있어. 그러니까 여기에 가만히 있어. 심심하면 설화나 청화한테 간식 좀 나눠 달라고 하고."

"아, 네."

악비광은 힐끔 설화를 바라봤다.

악비광과 눈이 마주친 설화는 재빨리 당과를 뒤로 숨겼다.

그 모습에 한빈이 말했다.

"설화야, 하나 주고 나중에 세 개 받으면 되잖아. 아니면 돈으로 받아도 되고."

"세 개요?"

"원래 산에서 파는 음식은 비싼 법이니까."

"아."

설화가 탄성을 흘리며 눈을 빛냈다.

마치 삶의 이치를 깨달았다는 듯 눈을 게슴츠레 뜨면서 한빈을 바라봤다.

그러고는 악비광을 보며 말했다.

"드시고 싶으시면 언제는 말씀하세요, 악 공자님."

"허, 이 집안은 어떻게 된 게 무조건 돈이야……."

악비광은 말끝을 흐렸다.

옆이 허전했기 때문이다.

조금 전까지 자신과 대화를 나누던 한빈은 소리도 남기지 않고 사라졌다.

한빈은 천천히 싸움의 중심을 향해 걸어가며 미소를 지었다.

사실 한빈이 바라보고 있는 것은 허공이었다.

허공 속에는 비급이 반짝이고 있었다.

한빈은 영단산에서 얻으려고 했던 세 개의 성과 이외에 특별한 선물을 받았다.

이전에 비급이 전한 오호단문도의 단서 중 숲을 보라는 말의 진정한 의미를 깨달은 것이다.

정답은 간단했다.

자신만의 대결이 아닌 지금과 같은 집단 전투를 바라보라
는 것이었다.

적혈맹호대와 사천당가의 무위를 냉정한 눈으로 살피자,
그들의 남긴 무공의 흔적들이 머릿속에 들어오기 시작했다.

그 결과……

[오호단문도의 깨달음이 완성되었습니다.]

[깨달음의 결과가 용린검법에 기록됩니다.]

[오호단문도 - 하북팽가의 대표 도법. 시전자가 잘 알고 있는 관계로
자세한 설명은 생략함. 언제든 검법으로 전환 가능. 부창부수의 효과 적
용 가능.]

친절한 설명이 비급에 나와 있었다.

한빈은 힐끔 자신의 왼손을 바라봤다.

지금 설명대로라면 오른손으로는 기존의 용린검법을 펼칠
수 있고, 동시에 왼손으로 오호단문도를 펼칠 수 있다는 이
야기였다.

부창부수가 이런 의미였다니!

입가에 희미한 미소를 피운 한빈은 다시 한번 자리에서 사
라졌다.

사사삭.

챙, 챙.

병장기 소리가 소대섭의 귓가에 울렸다.

장삼과 조호 그리고 새로 들어온 신입을 데리고 상대에 맞서고 있지만 역부족이었다.

그런데 이상한 점은 무공 수위에 있어서도.

머릿수에 있어서도 상대가 월등하지만 묘하게 동수를 이루고 있다는 점이었다.

마치 자신을 봐주고 있는 것처럼…….

소대섭은 바로 의문을 지웠다.

상대의 검이 빨라지고 있었다.

챙, 챙.

상대의 검은 전형적인 쾌검이었다.

검은 무복에 검은 복면까지 쓰고 펼치는 쾌검은 어둠 속에서는 더욱 가공할 위력을 발휘했다.

소대섭은 자신이 그동안 자만했다는 생각을 지울 수 없었다.

자신이 심미호처럼 많이 굴렀던가?

아니면 조호처럼 부지런했던가?

적혈맹호대를 관리한다는 핑계로 수련에 소홀했던 것이 뼈저리게 후회되었다.

하지만 지금은 앞에 있는 상대를 제압하는 것이 먼저였다.

옆에 있는 조호도 계속 바닥을 구르고 있었다.

거대한 낭아봉을 피하기에 급급한 것이다.

장삼은 또 어떠한가?

세 명의 적을 막고 있다.

신입으로 들어온 다섯은?

뭐, 그쪽은 두말할 나위 없이 끝까지 밀리고 있었다.

조금만 더 밀린다면 사천당가가 펼치고 있는 방어진까지 파훼될 것이었다.

그렇다면 이 싸움도 끝이었다.

소대섭은 이 흐름을 끊어야 했다.

그는 재빨리 한빈에게 배운 파혼검을 펼쳤다.

칼을 아래에서 쳐올리며 단전에서 기를 끌어올렸다.

우우웅.

자신만이 들을 정도의 작은 공명이 일어났다.

소대섭의 칼이 상대의 검을 막았다.

쨍!

검이 깨지는 소리와 함께 상대의 검을 밀어 냈다.

파혼검은 무게에 중심을 둔 초식.

그 무게에 밀린 상대가 중심을 잃고 휘청이다가 뒤로 넘어 갔다.

소대섭은 이때다 싶어 적의 간격 안으로 파고들었다.

그때 뒤로 넘어갈 듯한 적이 검으로 바닥을 찍었다.

그 반동 그대로 소대섭에게 파고들었다.

순간 소대섭은 아차 싶었다.

파혼검이 먹힌 게 아니라 자신이 함정에 빠졌다는 것을 깨달은 것이다.

그때였다.

갑자기 상대가 사라졌다.

"헉!"

소대섭은 자신도 모르게 비명을 질렀다.

가만히 보니 사라진 것이 아니라 누군가가 상대와 소대섭 사이를 가로막고 있었다.

소대섭의 눈이 커졌다.

처음에는 경황이 없어서 못 봤는데 익숙한 뒷모습이었다.

소대섭이 말했다.

"주군."

"우리 소 대주는 수련 좀 더 해야겠어."

말을 마친 한빈은 소대섭과 대결하던 상대 복면인에게 눈을 돌렸다.

한빈과 눈이 마주친 상대 복면인은 뒷걸음쳤다.

"패, 팽 공자……."

상대가 한빈을 부르자 소대섭은 눈을 크게 떴다.

이 상황이 혼란스러웠던 것이다.

한빈은 소대섭의 시선에는 아랑곳하지 않고 천천히 흑의
살풍을 향해 걸어갔다.

"잘 지냈어? 흑의살풍 아저씨."

"팽 공자가 여기에는 무슨 일로⋯⋯."

"말이 잘 안 들리니까. 일단 복면부터 벗자고."

한빈의 말에 흑의살풍은 복면을 벗었다.

휙.

복면을 벗어 바닥에 집어 던진 흑의살풍이 말했다.

"팽 공자가 여기 오는 줄 알았으면⋯⋯."

"그건 됐고 이제 싸움은 멈춰야겠어. 내가 할 일이 있어
서."

"할 일이라⋯⋯."

흑의살풍은 말을 맺지 못했다.

한빈의 손이 날아오는 것을 봤기 때문이다.

픽.

한빈은 그의 혈도를 찍었다.

한빈이 제압한 것은 숙면혈이라 불리는 풍지혈.

귀 바로 아래에 위치한 혈도였다.

풍지혈을 찍힌 흑의살풍의 몸이 허물어졌다.

털썩.

소대섭이 주먹을 불끈 쥐며 환호성을 내지르려 할 때였다.

한빈이 소대섭에게 다가왔다.

그러고는 아무렇지 않게 소대섭의 혈도도 제압했다.

"소 대주도 잠깐 자고 있어."

말을 마친 한빈은 주변을 둘러봤다.

한빈이 나타난 줄도 모르고 그들은 계속 병장기를 부지런히 놀리고 있었다.

챙, 챙.

하지만 뒤쪽 상황은 전혀 달랐다.

저 멀리에는 사천당가의 당기명이 누워 있었고 망격진을 펼치던 사천당가의 무사들도 모두 망격산을 팽개친 채 쓰러져 있었다.

한빈은 재빨리 전광석화에 구결십팔보의 효용을 더해 싸움터를 누볐다.

픽, 픽.

한빈의 손은 적과 아군을 구별하지 않았다.

소란을 잠재우겠다는 듯 모두를 자리에 눕혔다.

순식간에 산자락은 적막에 싸였다.

언제 그랬냐는 듯 고요함이 어둠을 지배하자, 한빈은 자리에 털썩 앉았다.

그러고는 아무 행동도 하지 않았다.

마치 때를 기다린다는 듯 조용히 눈을 감았다.

얼마나 지났을까?

가끔씩 새소리와 풀벌레 소리만 들려올 뿐이었다.

그때 사내의 목소리가 적막을 깨웠다.

"내가 먼저 입을 열게 만들다니 대단하군, 대단해."

그 목소리는 어느 한쪽 방향이 아닌, 하늘 위에서 들려오는 듯했다.

한빈은 그제야 눈을 뜨고 바닥에서 일어났다.

아무 일도 없다는 듯 옷을 털고는 천천히 사천당가 무사들이 있는 자리로 걸어갔다.

한빈이 멈춘 자리에는 사천당가의 망격산 몇 개가 펼쳐진 채 널브러져 있었다.

그때 망격산 몇 개가 동시에 공중으로 떠올랐다.

망격산이 있던 자리에는 한 노인이 활짝 웃고 있었다.

하얀색 무복에 부채를 든 모습은 마치 신선을 연상케 할 정도였다.

한빈은 그를 보며 포권했다.

"환대에 감사드립니다."

하얀 무복에 하얀 머리.

그리고 피부마저 하얗게 보이는 노인은 지금 등선해도 이상하지 않은 정도의 분위기를 풍기고 있었다.

노인은 팔짱을 끼고 한빈을 바라봤다.

가장 중요한 것은 이 모든 사건을 일으킨 노인은 사내가 아닌 여인이라는 점이다.

뭐, 한빈은 알고 있었지만 말이다.

아무 말 없이 바라보던 여고수가 드디어 입을 열었다.

"참을성이 많은 놈이구나."

"제가 좀 그렇습니다."

"당황하지 않는 것을 보니 내가 누군지 아는 것 같고."

"강남 사도련의 련주님은 아니신 게 확실하고……."

"나하고 스무고개를 하자는 것인가?"

"사도련주의 누님이신 독고련 선배 아니신가요?"

"흠."

여고수가 희미하게 헛기침을 하자 한빈이 능청스럽게 말을 이었다.

"제가 맞혔나 보군요."

"내 이름을 알다니, 조금은 놀랍군. 그런데 어떻게 알았지?"

"저기 있는 산서삼살을 부리는 것을 보면 사파의 고수실 테고 짱돌을 던져서 바위를 산산조각 내실 분은 강남에서 련 선배밖에 더 있겠습니까?"

한빈은 물레방아 돌아가듯 쉬지 않고 입을 털었다.

사도련의 독고련.

전생에서 몇 번 본 적이 있는 인물이었다.

무력의 수준은 무림삼존의 아래.

하나 이 지역에서는 절대자였다.

한빈의 지금 수준에서 상대의 능력이 측정되지 않는 것을 보면 한참 윗줄이라는 이야기였다.

현경의 경지에는 오르지 못했지만, 화경 중에도 꽤 높은 수준.

이길 수 있을까?

그것은 불가능했다. 이긴다 하더라도 이익이 없다.

한빈에게 있어 그녀는 얻어 가야 할 게 많은 자였다.

사도련주를 좌지우지하는 강남 사도련 최고의 고수.

전면에 나서지 않는 것은 검날을 세우기 바쁘기 때문이다.

하루라도 수련을 거르면 검이 무뎌진다고 생각한 그녀는 사도련의 일 대신 개인의 수련을 택했다.

그 결과 지금의 경지에 올라선 것이다.

독고련은 눈을 가늘게 뜨며 한빈이 내뱉은 호칭을 되새김질했다.

"선배라……."

한빈이 활짝 웃으며 재빨리 말을 이었다.

"동경이 있다면 얼굴을 보십시오. 그게 어디 육십 먹은 분의 피부입니까? 어르신이라고 하는 것은 선배님을 욕보이는 것이지요."

한빈의 능청이 한 단계 더 올라갔다.

전생에 몇 번 마주한 바가 있기에, 한빈은 그녀의 약점을 알고 있었다.

외모를 치켜세워 주는데 싫어할 여인이 있던가?

그것은 등선을 앞둔 아미파의 여자 도인에게도 해당되는 말이거늘, 독고련이 싫어할 리 없었다.

아니나 다를까, 독고련의 입꼬리가 보기 좋게 올라간다.

"허허. 잔혈마도를 죽였다 들었는데, 검술이 아닌 혀로 죽인 모양이구나."

독고련의 말에 한빈은 살짝 놀랐다.

적룡대협과 자신이 동일인이라 의심하고 있는 것 같았다.

한빈은 표정의 변함 없이 답했다.

"잔혈마도를 죽인 건 제가 아니라 적룡대협이란 분이지요. 저는 그분과 관계가 있는 후인일 뿐이고요."

"잡아떼는 것도 고수구나. 내가 왜 왔는지 아느냐?"

다시 한번 묻는 것이, 천년 묵은 능구렁이가 서너 마리는 들어가 있는 듯했다.

하지만 떠보는 말에는 이제 답할 필요가 없었다.

표정을 보면 벌써 해답을 얻은 모양이다.

한빈이 원하는 방향으로 말이다.

한빈은 그의 질문에 천천히 답했다.

"큰 자금을 저를 보고 굴리시는데, 확인을 안 하실 수가 있나요? 사도련주이신 독고진 어르신이야 마휘 군사를 철석같이 믿을 테고, 상황을 의심할 분은 독고련 선배님밖에 없겠지요."

한빈의 말대로였다.

이 부분이 강남 사도련주가 가장 힘들어하는 부분이었다.

하라는 대로 하라 해 놓고 옆에서 왜 그래야 했냐 훈수를 두니 말이다.

강남 사도련과 협상을 하려면 사도련주가 아닌 독고련을 만나야 했다.

독고련의 입꼬리가 살짝 더 올라갔다.

"그럼 내가 너를 시험하러 왔다는 걸 알고 있었다는 말 같구나."

"네, 맞습니다."

"그런데도 숨어 있었다고?"

"련 선배가 제 수하들에게 소중한 경험을 하게 해 주시는데, 어찌 방해할 수 있겠습니까?"

"소중한 경험을 했다면 응당 대가도 치러야겠지?"

"말씀을 듣고 보니 선배님께서는 길 가다 날아온 짱돌에도 감사하다고 하시겠습니다. 독고련 선배님은 사도련보다는 소림이나 도가의 문파가 어울리시는 듯합니다."

이쯤 해서는 살짝 감정을 흔들어 놔야 했다.

아니나 다를까, 독고련이 미간을 좁힌다.

"말하는 게 목이 두 개인 듯하구나. 목 하나는 다른 곳에 맡겨 놨고."

"설마 저를 죽이시겠습니까? 사도련에서 투자한 게 얼마인데요."

"내가 너를 여기서 죽이면 네가 적룡대협이란 작자의 후인이라는 증거도 없어질 테지. 그리고 네 말에 따라 사도련이 좌지우지되는 일도 없을 테고."

"과연 그럴까요?"

"내가 앞서 말한 것이 사실이 아니더냐? 그런데 너는 아직 여유만만하구나."

"선배님이 저를 죽이지 않으시리라 확신하니까요."

"허허, 내가 설명을 했거늘 내가 너를 죽일 이유가 없는 것처럼 말을 하는구나."

"잘 생각해 보십시오. 제가 이곳으로 왔다는 걸 어떻게 아셨습니까?"

"……."

"전서구를 통해서 아셨겠죠? 아래에 있던 사도련의 정찰대가 이쪽으로 마차가 온다는 걸 보고해 왔겠죠. 저희도 마찬가지입니다. 저기 보십시오."

"어디를 말이냐?"

"제 마차 말입니다."

"마차라……."

"자세히 보시면 아시겠지만, 여기 도착할 때까지만 해도 있었던 비둘기가 없을 겁니다. 제 마차 지붕 위에 원래 몇 마리의 비둘기가 있었을까요?"

독고련은 한빈에 질문에 답하지 않았다.

"……."

독고련은 눈을 가늘게 뜨고 한빈이 가리킨 마차의 지붕을
바라봤다.

평소에 철저하기로 소문난 그녀였지만, 지붕 위에 비둘기
가 몇 마리 있었는지는 확인하지 못했다.

하지만 지금 비둘기가 한 마리도 없다는 것은 확실했다.

독고련의 미간이 작은 주름이 생겼다, 없어졌다 반복했다.

몇 번 표정을 바꾼 독고련이 말했다.

"전서에 뭐라 쓴 것이냐?"

"만약에 제가 죽으면, 사도련이 이익에 눈이 멀어 적룡대
협의 후인을 죽였다고 밝히라 했습니다."

"머리 좀 썼구나. 내가 만약 여기서 너를 보내고 나중에 네
목을 딴다면?"

"전서에는 이곳이라고 쓰지 않았습니다. '앞으로 제가 죽
는다면'이라는 단서를 붙여 놨습니다만……."

"……."

"그냥 후배의 재롱이라 생각해 주시면 감사하겠습니다, 선
배님."

"그렇다면 내가 지금부터 확인해야겠구나."

"적룡대협의 후인이라는 것을 말입니까? 아니라면 어쩌시
려고요?"

"네 팔 하나는 내가 가져가겠다, 문답무용!"

"강자지존!"

한빈이 외치며 씩 웃었다.

그 웃음이 사라지기도 전에 한빈은 월아를 뽑았다.

스릉.

월아가 달빛을 받아 예기를 빛내자, 독고련이 씩 웃으며 오른손에 든 부채를 손으로 탁 쳤다.

동시에 부챗살이 스르륵 분리되며 흐트러졌다.

독고련은 부챗살을 흩뿌리듯 바닥을 향해 내리쳤다.

동시에 흐트러졌던 부챗살이 일렬로 쭉 내려앉았다.

그 모습에 한빈은 마른침을 꿀꺽 삼켰다.

상대가 진심으로 싸움에 임할 것을 알아챈 것이다.

독고련이 말했다.

"내 병기는 흑야칠절검. 평소에는 부채 모양을 하고 있지만, 이렇게 진기를 불어 넣게 되면 온전한 검의 형태를 띠지."

독고련이 흑야칠절검에 진기를 불어 넣자 일곱 개의 관절에 틈이 없어졌다.

마치 자석처럼 탁탁 붙자 누가 봐도 쫙 뻗은 흑색의 검이 되었다.

"……."

한빈이 말없이 바라보자, 독고련은 희미한 미소를 머금은 채 말을 이었다.

"아마 처음 들어 봤을 것이다."

"뭐, 처음 들어 봤습니다."

한빈이 어깨를 으쓱했다.

사실은 거짓이었다.

전생에서는 들어 본 적이 있으니 말이다.

한빈이 고개를 끄덕이자 독고련이 말을 이었다.

"내 검의 형태를 본 자는 모두 저세상으로 떠났으니 말이다. 절강의 명물인 흑철로 만든 명품이니 한번 맛보도록 하거라."

한빈이 슬쩍 웃었다.

저 말이 진짜라면 흑야칠절검에 살아남은 첫 번째가 한빈 자신이 될 테니까.

뭐, 전생에도 살아남았다.

하지만 방법이 달랐다.

무력이 아닌 지략으로 상대했으니까.

지금은 저 여고수에게 무력을 시험받아야 하는 상황.

한빈이 진지한 눈빛으로 독고련의 검을 바라봤다.

"그 검이 그 유명한 흑야칠절검이군요. 세상에 남아 있으려면 중심을 단단히 잡고 있어야겠습니다. 선배님. 제 검은 월아라 합니다. 특히 오늘처럼 달이 휘영청 밝은 밤이면 날카로운 어금니를 드러내지요. 한번 물면 좀처럼 놓는 법이 없으니 조심하시지요."

"허, 입만 살았구나."

"입만 산 게 아니라 제 검도 살아 있다는 것을 보여 드리겠습니다. 제가 먼저 들어가겠습니다, 선배님."

한빈이 슬쩍 한 발을 내디디자, 독고련도 한 발 나섰다.

한빈이 그 상태에서 동작을 멈추자, 독고련은 고개를 갸웃했다.

"들어오겠다더니 무슨 일이냐? 왜 그러고 있느냐?"

"원래 호랑이 입에 머리를 집어넣는 것은 아니라고 배웠습니다."

"오호라, 겁이 나는 모양이구나. 그렇다면 내가 가마."

말을 마친 독고련이 먹잇감을 발견한 맹수처럼 눈을 빛냈다.

그러고는 기합 소리도 없이 한빈을 향해 짓쳐 들었다.

얼마나 빠른지 바닥에 흩어진 도토리와 나뭇잎이 사방으로 흩어졌다.

휙.

짓쳐들어오는 독고련을 보던 한빈은 재빨리 자리를 피했다.

눈에 보이지 않을 정도의 움직임이었다.

하지만 독고련도 만만치 않았다.

독고련은 속도의 변함 없이 한빈을 따라오고 있었다.

한빈은 지금 독고련의 속도에 기가 막힐 뿐이었다.

구걸십팔보를 오 성 이상 펼치고 있는데도 간격이 넓혀지지 않고 있었다.

구걸십팔보를 극성으로 펼칠 수는 없었다.

그건 이 싸움에서 도망가겠다는 표현이니 말이다.

한빈이 독고련과 협상하기 위해서는 무력을 인정받아야 했다.

더는 도망칠 수는 없는 일.

바닥을 확인한 한빈은 재빨리 도토리를 주웠다.

얼마나 도토리를 던졌는지 사천당가가 쓰러진 곳 근처에는 흙이 안 보일 정도였다.

손안에 도토리 한 움큼을 쥔 한빈은 뒤쪽에서 쫓아오는 독고련을 향해 던졌다.

'백발백중.'

파바박.

도토리가 독고련의 얼굴을 향해 날아갔다.

쫓아오던 독고련은 가볍게 한빈이 던진 도토리를 막아 냈다.

툭. 툭. 툭.

한빈이 던진 도토리를 받아치던 독고련은 눈매를 좁혔다.

한빈의 도토리를 던진 수법이 황당했기 때문이다.

한빈이 던진 도토리는 위력적이지 않았다.

어찌 보면 그 반대였다.

독고련에게 날아온 도토리는 이미 가루가 되어 있었다.

내공으로 가루가 된 도토리를 감싼 후 던진 것이다.

왜 이런 짓을?

독고련은 바로 한빈의 의도를 알 수 있었다.

화르르.

가루가 된 토토리는 이내 연기처럼 주변으로 퍼졌다.

그렇지 않아도 어두컴컴한 산중에서 연막이라?

신기한 것은 기척이 완벽히 사라졌다는 점이다.

독고련은 주변을 살피다가 피식 입꼬리를 올렸다.

"쥐 새끼처럼 숨었구나. 이래도 안 나오는지 한번 보자."

말을 마친 그녀는 흑빛의 검을 들어 올렸다.

"셋 셀 때까지 안 나오면 이놈의 목을 베지."

그녀는 쓰러진 적혈맹호대 대원 중 하나를 가리키며 말을 이었다.

"하나, 둘!"

그녀는 셋을 생략한 채 쓰러진 자를 향해 가차 없이 검을 꽂았다.

슉.

그 순간, 갑자기 발밑에서 서늘한 기운이 감돌았다.

독고련은 내리꽂으려던 검을 돌려 서늘한 기운을 막았다.

챙.

그때부터였다.

한빈의 검이 쉴 새 없이 날아오기 시작했다.

챙, 챙.

마치 누구의 검이 빠른가를 시험하자는 듯 도발해 오는 한빈의 모습에, 독고련은 피식 웃었다.

"피가 차가운 놈인 줄 알았는데 수하는 아끼는군?"

"내 수하였으면 그냥 놔뒀을 겁니다. 그런데 사도련의 무사라서 할 수 없이 나섰죠."

"……."

"빚 하나 지셨습니다, 선배."

독고련의 눈썹이 꿈틀댔다.

눈썹을 꿈틀대던 독고련이 신경질적으로 외쳤다.

"네가 왜 사도련을 신경 쓰느냐!"

그녀의 검이 더욱 빨라졌다.

한빈이 검을 휘두르던 이전과는 다르게, 오히려 독고련이 달려들었다.

하지만 한빈의 숨소리는 이전과 똑같았다.

한빈은 여유 있는 모습으로 검을 튕겨 내며 답했다.

챙.

"사도련의 무사가 죽으면 제게 책임을 물으실 게 아닙니까?"

"이놈이 끝까지……."

"그쪽 밟지 마시죠. 그쪽은 사천당가 직계입니다."

"네가 뭔 상관이냐?"

독고련이 미간을 좁히며 검을 내리쳤다.

챙!

한빈이 받아치며 말을 이었다.

"어이쿠, 지금 밟은 진각으로 갈비뼈 하나는 나갔겠습니다. 최소한 정사대전은 막아야 하지 않겠습니까? 모두가 저 같으면 강호에 전쟁 같은 건 없을 테지요."

"입만 살았구나."

어둠 속에서 검이 내는 불꽃이 점점 늘어났다.

챙, 챙.

누가 보면 불꽃놀이라 생각할 정도로 그들의 검은 계속해서 불꽃을 만들어 내고 있었다.

그 불꽃 속에서 한빈은 의미심장한 미소를 지었다.

드디어 때가 됐다는 듯.

이기기 위함이 아니라 상대가 감탄할 만큼 실력을 보여 주면 되었다.

'금상첨화.'

한빈은 오른팔에 금상첨화의 기운을 불어 넣었다.

순간 혈맥 속 진기가 오른팔로 휘몰아쳤다.

우우웅.

노도처럼 몰아치는 용린의 기운.

그게 시작이었다.

한빈의 검이 반 박자 빠르게 움직였다.

휙!

챙!

독고련의 검도 한빈의 속도에 맞춰 따라오고 있었다.

불꽃이 어둠 속에서 화려한 그림을 만들어 내고 있었다.

챙!

한빈은 구걸십팔보 대신 다른 초식을 펼쳤다.

이제 더는 빠른 발이 필요가 없었다.

단숨에 승부를 내야 하기 때문이다.

그때였다.

독고련의 검이 묘한 움직임을 만들어 냈다.

검기가 진득하게 맺힌 흑야칠절검의 한 부분에서 검은색 기운이 흐릿하게 지워진 것이다.

그 상태로 검이 맞부딪쳤다.

챙!

동시에 흑야칠절검이 꺾였다.

꺾인 검날이 한빈의 얼굴을 향해 날아왔다.

흑야칠절검은 검이자 채찍이었다.

한빈도 흑야칠절검을 상대하기는 이번이 처음이었다.

전생에는 입으로만 그녀를 상대했으니까.

위기의 순간.

사삭.

한빈의 몸이 사라졌다.

이건 금선탈각의 수법.

독고련은 눈을 가늘게 떴다.

이건 이형환위의 수법이 아니었다.

자신의 시력으로는 따라잡을 수 없는 움직임이었다.

이대로라면 시험이고 뭐고 상대를 따라잡을 수 없다 생각
했다.

거기에 독고련을 희롱하듯 상의는 그대로 두고 알맹이만
빠져나갔다.

물론 그것은 착각이었다.

한빈이 쓴 금선탈각은 계속 사용할 수 있는 초식은 아니었
으니 말이다.

그녀는 마지막 수를 쓰기로 했다.

그녀가 아무도 없는 허공을 향해 외쳤다.

"이건 내 흑야검 중 마지막 비기! 흑야만화검(黑夜滿花劍)이
다. 일각 내에 내 무복의 옷깃 하나만이라도 만진다면 네 승
리다. 그때까지 도망만 친다면 그때부터는 나와 너는 원수지
간이다!"

이건 선전포고였다.

시간을 끌면 협상 없이 원수지간이 될 것이라는 엄포.

그녀의 인내심이 한계에 다다른 것이었다.

말을 마친 독고련은 검에 주입했던 진기를 거둬들였다.

아니, 진기를 거둬들인 것이 아니라 모든 진기가 검 끝에 모였다.

검을 지탱하고 있던 진기가 검 끝에 모이자 흑야칠절검이 채찍처럼 늘어졌다.

그 상태로 독고련은 흑야칠절검을 돌리기 시작했다.

마치 아이가 밧줄을 돌리듯 몸 주변으로 돌렸다.

검은 연꽃 하나가 그녀의 몸 주변에 피어난다.

이것이 흑야칠절검을 쓰는 독고련의 무서운 면모였다.

환술과 검술을 적절히 조합한 것도 모자라, 검이 되었다가 채찍이 되었다 하는 변화무쌍한 보검으로 상대를 찍어 누를 수 있었다.

검기로 고정해 놨던 흑야칠절검이 채찍이 되자, 마치 검날이 일곱 개가 된 것처럼 보였다.

그 일곱 개의 검날이 독고련의 주변을 눈에 보이지 않을 속도로 돌자, 보다 많은 연꽃을 만들어 냈다.

그것도 잠시, 수많은 연꽃은 하나의 큰 연꽃이 되었다.

그 연꽃은 천천히 열리기 시작했다.

한빈은 그 연꽃을 보며 입맛을 다셨다.

이건 어찌 보면 마지막 시험이었다.

절대적인 자신의 공간을 만들어 놓고 그 안으로 들어오라니!

힐끔 독고련을 본 한빈은 바로 바닥에 쓰러진 무사 중 한

명의 옷을 벗겼다.

금선탈각으로 상의를 남겨 놓고 튀는 바람에 상체가 허전 했던 것이었다.

옷을 다시 챙겨 입고 나서 독고련이 만들어 낸 연꽃 소용 돌이를 보고 있자니, 하나의 틈이 보였다.

그것은 연꽃이 만들어 내는 소용돌이의 중간 정도에 있었 다.

그곳까지 파고들어 가는 것이 문제였다.

연꽃이 장악하고 있는 공간은 다섯 걸음.

빈틈은 독고련으로부터 세 걸음.

두 걸음의 간격을 극복해야 했다.

그때 뭔가 생각난 한빈은 힐끔 아래를 바라봤다.

바로 아래에는 누군가 쓰다 남은 박도가 떨어져 있었다.

한빈은 재빨리 박도를 잡았다.

왼손에 박도를 잡은 한빈은 장난꾸러기 같은 짓궂은 미소 를 지었다.

그러고는 새로 얻은 초식을 시험해 보기로 했다.

'부창부수.'

쌍검술을 쓸 수 있다는 초식이었다.

거기에 방금 얻은 가문의 도법인 오호단문도.

기존의 오호단문도가 아닌 완벽한 오호단문도라고 비급이 말해 줬으니 지금이 시험해 보기 적당한 기회라 생각한 것이었다.

'전광석화, 부창부수, 오호단문도.'

세 가지 초식을 머릿속에 띄우자, 용린의 기운이 양팔에 골고루 퍼졌다.

거기에 한 가지 놀라운 일이 일어났다.

동시에 용린검법의 초식과 오호단문도의 초식이 머릿속에 떠오른 것이다.

마치 무당파의 양의심법을 일으킨 것처럼 동시에 두 가지 무공을 펼칠 수 있게 된 것이다.

한빈은 천천히 독고련의 간격 안으로 파고들었다.

한빈이 원하는 것은 흑야만화검의 무력화.

팅, 팅.

한빈이 잡은 박도가 연꽃을 튕겨 내기 시작했다.

슝.

한빈의 월아가 그녀의 간격을 비집고 들어갔다.

챙!

하지만 그녀가 만들어 낸 연꽃잎에 막혀 버렸다.

얼마나 지났을까?

수십 번의 공방을 주고받았을 때, 이상한 글귀가 나타났다.

[부창부수의 새로운 효과가 발견되었습니다. 새로운 효과로 용린검법

과 하나가 된 오호단문도를 합성해서 일회용 초식을 만들 수 있습니다. 합성 시 필요 내공은 일각에 십 년입니다. 합성은 열두 시진에 한 번입니다.]

한빈은 재빨리 고개를 끄덕였다.
순간 비급이 반짝이며 글귀를 전했다.

[오호단문도와 용린검법이 만들어 낸 초식을 사용할 수 있습니다. 용호상박(龍虎相搏). 호랑이의 발톱은 능히 다섯 개의 문을 한 번에 박살 낼 수 있습니다. 호랑이가 빈틈을 만들고 용이 여의주를 물고 들어갑니다.]

한빈은 바로 임시로 만들어 낸 초식을 사용하기로 했다.
'용호상박.'
순간 한빈의 월아와 박도가 하나가 된 것처럼 움직이기 시작했다.
검법이면서 도법.
도법이면서 검법이 된 한빈의 초식이 연꽃잎 사이로 점점 파고들기 시작했다.
병장기 소리가 아닌 음악 소리처럼 들렸다.
챙, 티르릉.
더욱이 그냥 단독 연주가 아닌 악사들의 합주처럼 들렸다.
얼마나 지났을까.

한빈은 간발의 차로 연꽃의 소용돌이 안쪽으로 파고들었
다.

한 걸음.

두 걸음.

드디어 독고련이 피워 내는 흑야만화검의 빈틈에 다다랐
다.

그런데 가까이서 보니 빈틈이 아니라 진청색 점이었다.

혹시?

의문도 잠시, 한빈은 월아를 그 사이로 찔러 넣었다.

슝!

동시에 글귀가 나타났다.

[용안(龍眼)으로 구결을 확인합니다.]

[지급(池級) 구결 금(錦)을 획득하셨습니다.]

[지급(地級) - 만(滿), 금(錦)]

이럴 수가?

한빈이 멍하니 비급에 나타난 글귀를 보고 있을 때였다.

갑자기 몸을 감싼 연꽃 소용돌이가 멈추고 서서히 흑색 꽃
잎이 걷혔다.

한빈은 검을 내뻗은 손을 그대로 유지하고 있었다.

그때였다.

독고련이 한빈의 월아를 부채로 서서히 눌렀다.

강압적인 동작이 아니라 쓰다듬듯 누르고 있었다.

한빈이 독고련을 바라봤다.

독고련이 희미하게 웃고 있었다.

분위기가 확 바뀌었다.

"네가 난제를 풀었구나."

"난제라니요? 단순한 시험이 아니었습니까?"

"이건 내 사부도 못 푼 문제였다. 그리고 내 사부를 상대로 나도 해내지 못한 것이고. 그런데 힘이 아닌 지혜로 풀다니, 생각지도 못했다."

"뭐, 제가 머리가 좀 있는 편입니다. 그럼 시험은 끝난 겁니까? 선배님."

"그렇다고 치지. 일단 적룡대협이란 분의 후인이라는 건 인정하마. 네가 동일인이라는 가능성의 일 할은 남겨 두겠지만 말이다."

"일단 인정해 주시는 것으로 알겠습니다."

한빈은 어깨를 으쓱하자 독고련이 말했다.

"혹시 혼처는 정해 놨느냐?"

"그걸 왜 물어보십니까?"

독고련은 눈을 가늘게 뜨고 한빈을 바라봤다.

"내게 과년한 손녀가 하나 있는데……. 내가 그 아이에게 약속했다."

"갑자기 그게 무슨 말씀입니까?"

"흑야만화검을 파훼할 수 있는 자가 있다면 맺어 주겠다고 우리 손녀에게 말해 놨다."

"헉."

"어째 내가 흑야칠절검을 처음 빼어 들었을 때보다 놀란 표정이구나. 좋아서 그러는 거겠지?"

"뭐, 선배님께 손녀가 있다고 하니 놀라울 따름입니다."

"오호라, 화제를 돌리고 싶다는 얘기군."

"단도직입적으로 말하겠습니다."

"말해 보아라."

"저는 강남 사도련이 강북 사도련을 흡수하는 데 힘을 보태겠습니다."

"네가 원하는 것은?"

"제가 원할 때 힘을 실어 주시면 됩니다."

"네가 원할 때라? 백지어음을 달라는 말처럼 들리는군."

"……."

"내가 잘못 봤단 말인가? 내 손녀와 혼약을……."

"선배님, 혹시 말입니다."

"또 무슨 수작을 부리려고 하는 것이냐?"

"장기 좋아하십니까?"

한빈은 씩 웃으며 독고련을 바라봤다.

이건 한빈이 준비한 마지막 계책이었다.

아니나 다를까, 독고련의 눈빛에 호기심이 감돈다.

한빈은 그때를 놓치지 않고 뒤돌아서 걸어갔다.

그 모습에 독고련이 물었다.

"어딜 가느냐?"

"잠시만 계십시오."

한빈은 뒤도 돌아보지 않고 어디론가 향했다.

한빈이 향한 곳은 마차였다.

그 모습에 독고련이 물었다.

"혹시 전서구를 띄우려는 것이냐?"

"아닙니다. 잠시만 기다리십시오."

한빈은 손을 휘휘 저으며 마차로 들어갔다.

잠시 후. 한빈은 독고련의 앞에 반쪽짜리 천궁을 들고 나
타났다.

반쪽짜리 천궁은 독고련의 눈에는 커다란 정사각형 현철
조각으로밖에 안 보였다.

한빈은 반쪽짜리 천궁을 독고련의 앞에 놨다.

쾅.

제법 큰 소리가 울렸지만, 독고련은 눈도 꿈쩍하지 않았
다.

다만, 앞에 커다란 현철 조각을 내려놓은 의도가 궁금하다
는 듯 한빈을 바라보고 있었다.

독고련과 시선이 마주친 한빈이 천궁의 윗부분을 쓸어 내며 물었다.

"선배님, 장기 좋아하십니까?"

말을 마친 한빈은 힘껏 천궁의 윗부분을 불었다.

먼지가 가시자 달빛을 받은 천궁의 윗부분에는 어렴풋하게 장기판의 모습이 나타났다.

바둑판이 새겨진 나머지 부분은 벌써 열쇠로 사용했었다.

한빈은 남은 부분에 독고련을 위해 새로 장기판을 새겨 넣은 것이었다.

독고련이 눈을 빛냈다.

"오호."

한빈은 독고련의 반응에 품속에서 가죽 주머니를 꺼내어 아무렇지 않게 내용물을 장기판 위에 풀어놨다.

장기판 위에는 현철로 된 장기짝이 쏟아졌다.

데구르르.

독고련의 눈이 커졌다.

현철로 만든 장기짝은 그녀도 처음 봤던 것이다.

한빈은 그녀의 시선에 아랑곳하지 않고 장기짝을 하나씩 올려놨다.

차(車), 졸(卒), 포(砲) 등 필요한 장기짝을 올려놓고 다른 장기짝을 다시 가죽 주머니에 넣고 장기판을 바라보며 말했다.

"이건 제가 내는 문제입니다."

"내가 문제를 냈으니 너도 응대를 하겠다는 것이냐?"

"이건 어찌 보면 제 선물입니다."

한빈의 말에 독고련이 장기판 위의 말을 유심히 보기 시작했다.

그것도 잠시, 그녀의 눈이 커졌다.

한빈이 장기판 위에 늘어놓은 것은 강호에서 꽤 유명한 문제였다.

이 문제가 유명해진 이유는 간단했다.

무림삼존 중 하나라는 소림의 일지 대사가 이름 모를 산을 지날 때 일이었다.

신선 같은 두 노인이 장기를 두고 있기에, 일지 대사는 슬쩍 장기판을 엿봤다고 한다.

그 두 노인 중 하나가 계속 구경하려면 일지 대사에게 묘수를 찾으라고 했다.

문제는 장기짝을 세 번 움직여서 상대를 외통수로 만들라는 것이었다.

일지 대사는 밤을 새울 때까지 한참을 고민했지만 그 문제를 풀지 못했고, 정신을 차렸을 때는 두 노인은 없었다고 했다.

그 당시 일지 대사는 구파일방이 벌이는 영웅 대회에 가는 길이었다고 한다. 일지 대사는 그곳에서 이 문제를 다른 이들에게 전했다고 했다.

하지만 이 문제를 풀 묘수를 알아낸 이는 아무도 없었다.

또 이 문제는 처음에 강호에서 시작되었지만, 민간에까지 퍼졌다.

그런데도 아직까지 이 문제를 푼 이는 없었다.

이것이 이 문제가 유명해진 경위였다.

덕분에 이 문제는 강호의 십대 수수께끼 중 하나가 되었다.

독고련이 이 문제를 접한 것은 이 년 전.

그녀는 이 문제 때문에 장기에 빠져들게 되었다.

바둑이 신선들의 놀이라고?

그 말을 들을 때면 독고련은 콧방귀를 뀌었다.

진정한 신선의 놀이는 장기였다.

독고련은 침을 꿀꺽 삼켰다.

그것도 잠시, 그녀는 고개를 갸웃했다.

현철로 된 장기판에 이 문제를 낸 이유가 궁금해진 것이다.

"이게 선물이라니 그게 무슨 뜻이냐? 혹시 이 장기판을 주겠다는 것이냐?"

"아닙니다. 이건 아직 쓸모가 있어서 선물로 드릴 수는 없습니다."

"그럼 선물이 대체 무엇이더냐?"

"선배님, 이 문제의 해법이 궁금하지 않으십니까?"

"너는 안다는 말이냐?"

"네, 알고 있습죠. 그러니 선물이라 하지 않았습니까?"

"흠, 그러면 어서 설명해 보아라."

"지금은 안 됩니다."

"……."

"선물이라는 것은 서로 교환을 해야 제맛 아니겠습니까?"

"오호라……. 선물로 무엇을 받고 싶은 게냐?"

"아직 생각해 둔 게 없습니다. 일단 일 얘기부터 하고 다음에 선물을 논하는 것이 맞을 것 같습니다."

"일이라……."

"잠시만 기다리시죠."

말을 마친 한빈은 손가락을 튕겼다.

딱.

그 소리에 설화가 나타났다.

설화의 움직임에 독고련은 눈매를 좁혔다.

한낱 시녀의 움직임이 아니었다.

독고련은 기가 막힌 듯 한빈을 바라봤다.

일개 무림세가의 자제가 저런 시녀를 거느리고 있다는 것이 황당했기 때문이었다.

다른 이들에게 강북 오대세가는 거대한 단체였지만, 독고련에게는 그저 강호에 흔한 무가 중 하나일 뿐이었다.

그런데 사도련에서도 찾기 힘든 고수를 시녀로 부리는 한빈이 신기했다.

한빈은 독고련의 시선에는 신경 쓰지 않고 설화에게 턱짓했다.

한빈의 시선을 받은 설화는 말없이 보따리를 내밀었다.

한빈이 고개를 끄덕이자, 설화는 독고련의 앞에 보따리를 내려놨다.

그 모습에 독고련이 눈썹을 꿈틀댔다.

독고련은 오늘 한빈을 만나기 전에 철저히 그에 대한 사전 조사를 했다.

그런 이유로 저 보따리에 들어 있는 것이 뭔지 감이 잡혔다.

"지금 나랑 계약서를 쓰자는 애기더냐? 역시 소문에서 한 치를 벗어나지 않는구나!"

"선배님, 왜 이리 성미가 급하십니까? 자세히 보시죠."

한빈이 말을 마치자 설화가 조심스럽게 보따리를 펼쳤다.

그 안에는 지필묵이 아닌, 다기와 향긋한 찻잎이 자리를 잡고 있었다.

보통 찻잎과는 다른지, 보따리를 풀어 놓는 것만으로 찻잎의 향기가 사방으로 날뛰고 있었다.

한빈은 독고련을 바라보며 웃었다.

"이렇게 야심한 밤에는 풀 내음을 맡으며 차 한 잔을 즐기는 것도 인생의 낙이지요."

"허허, 머리에 피도 안 마른 놈이 꼭 신선처럼 얘기하는구나."

"뭐, 제가 인생에 대해 알면 얼마나 알겠습니까? 그저 지금 분위기와 차가 딱 어울린다 생각했을 뿐입니다."

말을 마친 한빈이 턱짓하자 설화가 찻주전자를 건넸다.

그 모습에 독고련은 고개를 갸웃했다.

차도 끓이지 않고 찻잔에 차를 부으려는 것 같았기 때문이다.

독고련의 고개가 한 단계 더 기울어졌다.

찻주전자를 양손으로 조심스럽게 잡은 한빈의 모습 역시 이상했다.

한참을 바라보던 독고련의 눈이 커졌다.

찻주전자가 김을 뿜고 있었다.

삼매진화의 수법이 분명했다. 독고련이 확인한 한빈의 경지라면 손에 극양지기를 모아 찻주전자를 덥히는 것이 그리 어렵지는 않을 터.

그러나 여기서 문제는 어떤 기운도 느껴지지 않는다는 것이었다.

심지어 한빈의 손바닥에서조차 열기는 느껴지지 않았다.

대체 어떻게 된 것일까?

그때 한빈이 나지막한 목소리로 말했다.

"차 한 잔 받으시죠."

독고련은 재빨리 표정을 수습했다.

"고맙네."

조르륵.

차가 가득 찬 찻잔은 김을 모락모락 내고 있었다.

둘은 한동안 말이 없었다.

독고련은 더 이상 한빈에게 물을 수 없었다.

한빈이 차를 마시는 모습이 너무 해맑았기 때문이다.

지금 한빈에게서는 어떤 욕심도, 어떤 목적도 찾을 수 없었다.

자연과 하나가 되어 조용히 차를 즐길 뿐이었다.

고즈넉한 산자락에 차를 따르는 소리와 차 향기가 은은하게 퍼졌다.

얼마나 지났을까.

산짐승의 발소리가 여기저기서 들리기 시작했다.

이 산의 주인인 산짐승은 해가 뜰 때를 미리 아는 법.

해가 밝아 올 것을 알고 미리 아침을 준비하는 것이다.

한빈이 찻잔을 내려놓고 말했다.

"선배님과의 대화는 즐거웠습니다. 많이 배웠습니다."

"흠, 네가 그렇다니 그런 줄 알겠다."

"아까 나눴던 이야기들은 허락하신 거로 알겠습니다."

"누구 맘대로······."

"그럼 나중에 답해 주셔도 됩니다. 아까 문제에 대한 해답도 그때 말씀드리겠습니다."

"허허, 고얀 놈. 나는 그만 가 보겠다."

독고련은 말과는 달리 희미한 미소를 지었다.

그 미소를 마지막으로 독고련은 사라졌다.

한빈은 멀어지는 독고련을 흐뭇한 눈빛으로 바라봤다.

한빈이 계획했던 것 중 구 할을 가져간 것 같았다.

나머지 일 할은?

앞으로 천천히 진행하면 되었다.

강남 사파의 절대자와 꽤 질긴 인연을 만들어 놨으니 말이다.

웃음 짓던 한빈이 돌아서려는 독고련을 불렀다.

"선배님, 잠시만 기다리시지요."

"또 뭘 뜯어먹으려고 부르는 것이냐?"

"저와 만난 기념으로 장기짝을 챙기시지요."

말을 마친 한빈은 장기판 위에 있던 장기짝을 번개처럼 쓸었다.

쓱.

그러고는 장기짝을 가죽 주머니에 다시 넣었다.

한빈은 그 주머니를 공손히 독고련에게 내밀었다.

"현철로 만든 장기짝은 흔치 않을 겁니다. 나중에 장기 두실 때가 있으면 저를 떠올리십시오."

"허, 낯짝이 흑철만큼이나 두껍구나."

말을 마친 독고련은 부채로 한빈의 얼굴을 가리켰다.

한빈은 해맑은 미소를 피워 낼 뿐, 답하지 않았다.

독고련은 한빈에게 받은 가죽 주머니를 품속에 넣었다.

그러고는 더는 말하기 귀찮다는 듯 픽 돌아섰다.

점점이 멀어지던 독고련의 기척은 이제 완전히 사라졌다.

독고련이 사라지자 한빈이 한숨을 내쉬었다.

"휴, 역시 다루기 힘든 인간이야."

"아까 보니 즐기시는 것 같던데요?"

설화가 묻자, 한빈이 어깨를 으쓱했다.

"내가 그렇게 보였어?"

"네, 공자님."

"그럼 성공이네, 하하."

한빈이 웃음을 터뜨릴 때, 바위 위에서 이 광경을 지켜보
던 악비광이 달려왔다.

"형님, 대체……."

"오늘 일어난 일은 너만 알고 있어라, 비광아."

"무공은 언제 그렇게 늘어난 겁니까?"

"그건 비밀이다."

"내가 다 후불로 낸다고 하지 않았습니까?"

"이번 것은 조금 비싸서 그런다. 같은 강북 오대세가인데,

산동악가의 기둥뿌리를 뽑을 수는 없는 일이 아니냐?"

"흠, 그럼 저는 안 듣겠습니다."

"그래, 그게 좋을 거다. 그건 그렇고 너는 쟤들 좀 정리해라."

"누구요?"

"찬 바닥에서 누워 있으면 입 돌아갈 거 아니야?"

한빈의 말에 악비광이 휘적휘적 쓰러진 무사들 쪽으로 걸어갔다.

그러고는 해혈을 시도했다.

픽!

무사 하나의 혈도를 찍어 본 악비광이 고개를 흔들었다.

"형님, 해혈이 안 됩니다!"

"누가 해혈을 하라고 했느냐? 고수가 제압한 혈을 풀려고 하면 탈이 나기 마련이니, 그냥 모닥불 주위로 모아 놔라."

"누굴요?"

"전부 다."

"헉!"

악비광의 눈이 커졌다.

물론 악비광은 한빈이 제압한 무사들은 생각하지도 못했다.

한빈이 직접 풀어 주면 될 것이지만, 늘어난 일거리에 아무 생각도 없었기 때문이다.

한빈은 악비광의 놀란 표정에 피식 웃은 뒤 청화에게 말했다.

"너는 모닥불 좀 다시 피워 놓아라."

"네. 따끈따끈하게 덥혀 놓을게요, 공자님."

청화가 주위에 나뭇가지를 줍기 시작했다.

한빈과 독고련이 결전을 펼친 덕분에 주변에는 장작으로 쓸 나무 조각들이 널렸다.

설화가 물었다.

"도토리 좀 주울까요?"

"무슨 도토리?"

"악 공자가 지금 사람들을 옮기고 있잖아요. 모닥불 주변에 도토리라도 주워 놓고 낙엽이라도 깔아 놔야 등이 편할 것 같은데⋯⋯."

"괜찮아, 그냥 둬."

"괜찮다니요?"

"지압되고 좋잖아. 이것도 수련이야."

한빈이 씩 웃었다.

동시에 모두가 동작을 멈추고 한빈을 바라봤다.

한참을 바라보던 악비광의 동작은 더 빨라졌다.

밉보이면 큰일 나겠다는 생각이 들어서였다.

잠시 후.

차 한 잔 마실 시간이 지나자 모든 상황이 정리되었다.

한빈이 모닥불을 바라보며 말했다.

"자, 이제 좀 쉬자. 잠깐 모닥불 좀 감상하자고."

"흔한 모닥불에 감상이라니요? 아무리 봐도 특별한 게 없습니다, 형님."

"오늘 같은 밤이 흔하던가? 흔하지 않은 밤에 피운 모닥불이야."

"흠, 그건 그렇죠."

"좀 있으면 강렬한 불꽃도 사라질 거야."

"땔감을 더 넣으면 되죠."

"아니, 날이 밝으면 모닥불의 불꽃이 이리 잘 보일 리 없지."

"……."

"오늘 일이 비광이한테는 공부가 되었을 테지?"

"무슨 공부 말입니까? 저는 마음만 졸였는데 말입니다."

"세상에 스승이 아닌 것은 없다. 공자님이 말씀하셨지. 십장생에는 반드시 나의 스승이 있다고 말이야."

"형님, 십장생이 아니라 세 명이 가는 길에는 반드시 스승이 있다는 뜻의 삼인행(三人行)이면 필유아사(必有我師) 아닙니까?"

악비광의 반박에 한빈이 씩 웃으며 악비광을 바라봤다.

"그럼 너와 설화하고 청화가 내 스승이겠네. 지금 내 스승

하려는 거야?"

"혁, 무슨 말씀을……."

"그럼 그냥 십장생으로 해 둬."

한빈의 진지한 표정에 악비광은 할 말이 없었다.

탄성과 함께 고개를 끄덕일 뿐이었다.

"아."

그것도 잠시 악비광은 고개를 살짝 기울였다.

유난히 십장생의 십에 힘을 준 것 같았기 때문이다.

한빈은 악비광의 시선에는 아랑곳하지 않고 쓰러진 이들을 바라봤다.

어찌 보면 이들 모두가 스승일지도 몰랐다.

이들 하나하나가 강호를 구성하는 일원이니 말이다.

용린검법의 최초 전언이 강호에 흩어진 구결을 찾으라는 것이 아니었던가?

한빈이 씩 웃었다.

십장생이 되었든, 삼인행이 되었든 강호에는 스승이 있었다.

덕분에 오늘도 오호단문도를 복원하고 구결을 얻지 않았던가?

한빈은 이제까지의 일들을 천천히 곱씹었다.

물론 다른 이들도 마찬가지였다.

설화는 한빈과 독고련의 대결을 떠올리며 자신에게 부족

한 점을 찾으려 노력했다.

그러면서도 계속 당과를 베어 물고 있었다.

청화는 찹쌀떡을 오물거리며 앞으로 찹쌀떡을 살 돈을 어떻게 구할까를 고민했다.

그러고는 한빈을 조용히 바라봤다.

돈을 버는 데에 있어서는 한빈이 최고의 스승이었다.

많이 벌어서가 아니라 쉽게 벌어서였다.

청화는 남은 생을 조금 쉽게 살고 싶었다.

악비광은 오늘 일은 모두 잊고 조용히 산 너머를 바라봤다.

누군가를 찾는 것이 목표였기 때문이다.

모두가 모닥불을 보며 깊은 사색에 잠겨 있을 때였다.

쓰러졌던 이들이 하나둘씩 깨어났다.

가장 먼저 깨어난 것은 당기명이었다.

당기명이 기척을 내자 한빈이 고개를 돌렸다.

한빈과 시선이 마주치자 당기명은 끙 하는 신음을 뱉어 내며 힘들게 걸어왔다.

사해는 동도

한빈의 앞에 선 당기명이 낮은 목소리로 물었다.

"팽 공자님, 대체 어떻게 된 일입니까?"

침착한 당기명의 모습에 한빈은 희미하게 웃음을 보였다.

어제 그런 일을 당하고 일어났는데 모두가 쓰러져 있다면?

보통 사람 같으면 오열하며 사람들의 상태를 살필 것이다.

하지만 그는 당황한 기색 없이 주변을 먼저 살폈다. 그러고는 깨어 있는 사람이 있자, 감정을 보이지 않고 침착하게 물어보았다.

강호인이 사천당가를 두려워하는 것은 암기와 독 때문만은 아닐 것이라 한빈은 생각했다.

한빈이 감정 없는 목소리로 말했다.

"다행히도 별일 없이 지나갔습니다."

"허, 어떻게……."

"제가 해결했습니다."

"팽 공자가 상대를 물리치신 겁니까?"

"그건 아닙니다."

"그렇다면 어제 그 고수는 어떻게……."

"그분은 사파의 숨은 노고수셨습니다."

"사파의 고수라고요?"

당기명은 살짝 고개를 기울였다.

암기를 그렇게 살벌하게 던지는 사파의 고수라니, 들어 보지 못했던 것이다.

당기명의 표정을 본 한빈이 말했다.

"은거 기인이라고 해 두죠."

한빈이 씩 웃었다.

한빈의 말은 진실이었다. 정마대전이 일어나기 전까지는 세상에 존재를 드러내지 않는 인물이었으니 말이다.

하지만 당기명의 고개는 한 단계 더 기울어졌다.

마치 의문이 더 깊어졌다는 듯 한빈을 바라봤다.

"은거 기인을 어떻게 물리치신 거죠? 제 느낌으로는 무림 십대고수에 버금가는 고수였습니다."

"다 방법이 있습니다."

"그 방법이 뭔지 물어봐도 되겠습니까?"

"이걸로 해결했습니다."

한빈은 엄지와 검지를 말아 쥐어 동전 모양을 만들었다.

그 모습에 깜짝 놀란 당기명이 물었다.

"그게 무슨 뜻입니까?"

"돈으로 해결했다는 뜻입니다. 뭐, 세상에 돈으로 해결 안 되는 게 있겠습니까? 은거를 하려면 돈이 많이 필요하지 않을까요?"

"진짜 돈으로 해결하셨다는 말입니까?"

"그렇습니다만, 제가 잘못한 거라도 있나요?"

한빈이 심드렁한 표정으로 되묻자, 번뜩 정신이 든 당기명이 입을 꾹 다물었다.

지금 상대가 누군지 잊고 있었던 것이다.

그녀의 앞에 있는 한빈은 단순히 무림세가의 자제가 아니었다. 그는 천하제일의 의술을 가지고 있는 천수장주였다.

거기에 지금 당기명 자신과 수하를 구해 준 자가 아니던가?

은인에게 이렇게 따져 묻는 법이 강호 어디에 있다던가?

자신에 대한 책망이 소나기처럼 쏟아졌다.

이 때문에 한빈과 당기명 사이에는 잠시 침묵이 맴돌았다.

그때 당기명의 시야에 바닥에 널브러져 있는 무인들이 들어왔다.

"그렇다면 저기 있는 사람들은 누구입니까?"

"저들은 사도련의 인물들입니다. 저와 안면이 있는 자들도 있지요. 저들과의 충돌은 우연입니다."

"오해라……."

"생각해 보십시오, 이곳은 강남 사도련이 자리를 잡은 곳이 아닙니까?"

"그야 그렇죠."

"사천당가 같으면 앞마당에서 싸움이 났는데 팔짱 끼고 구경만 하겠습니까?"

"음……."

당기명은 어제의 일을 떠올렸다.

생각해 보면 사천당가 무사들과의 충돌은 괴인과의 사이에서만 일어났다.

"뭐, 어제의 일은 잊으셔도 됩니다."

"그럼 저기 있는 사도련의 무사들은 어찌하시려고요?"

"일어나면 돌려보내야죠. 아직은 정파와 사파 사이에 협약이 유효하지 않습니까?"

"그렇게 말씀하시니 어제 일은 잊겠습니다. 하지만 궁금한 게 있습니다. 대체 얼마를 뜯기신 겁니까?"

"당 공자가 상상할 수 없을 만큼입니다."

한빈은 조용히 하늘을 올려다봤다.

뭐, 일정 부분은 사실이었다.

한빈의 입장에서는 남아도는 현철로 만들었지만, 현철이

어디 보통 물건이던가?

생각해 보면 독고련에게 건넨 장기짝은 꽤 값이 나가는 물건이었다.

한빈의 말은 당기명의 상상력을 돋웠다.

거기에 더해 당기명은 빚지고는 못 사는 성미였다.

그것이 좋은 쪽이든 나쁜 쪽이든 말이다.

당기명이 못 참겠다는 듯 물었다.

"다시 한번 묻지요. 대체 얼마나 들었습니까? 말씀을 해 주셔야 제가 갚을 수……."

"그냥 마음의 빚으로 남겨 두시죠."

한빈이 씩 웃었다.

물론 옆에서 대화를 지켜보던 악비광과 설화 그리고 청화는 입을 떡 벌렸다.

특히 청화는 뭔가 깨쳤다는 듯 연신 고개를 끄덕였다.

저렇게 마음을 빚을 지우고 뜯어낸다라?

배울 것이 많은 공자님이라 생각했다.

청화는 분명히 계약서의 한 부분을 보았다.

사천당가는 한빈을 사천까지 무사히 보호해야 할 의무가 있었다.

그리고 돌발 상황이 생겨 한빈에게 피해가 간다면 그 열 배를 보상해야 했다.

말은 됐다고 하지만 언젠가는 몇백 배 부풀려서 받아 낼 것이 뻔했다.

청화는 마른침을 삼키며 한빈의 표정 하나하나를 살폈다.

표정만 보면 진짜 좋은 사람 같았다.

그 내면을 모른다는 가정하에.

독인으로 살아 세상에 대해서 잘 몰랐던 청화에게, 한빈의 모든 것은 살아 있는 교재 그 자체였다.

청화가 눈을 빛내자, 옆에 있던 설화가 물었다.

"왜 그래? 청화야."

"아, 아무것도 아니에요. 언니."

그들이 수다로 시간을 때우며 천천히 차향을 음미하고 있을 때였다.

악비광이 물었다.

"아까 그분하고는 무슨 이야기를 나누셨습니까? 처음에는 조금 당황하시는 것 같던데."

"흠……."

한빈은 헛기침을 하며 독고련이 사라진 자리를 다시 한번 바라봤다.

손녀사위를 삼으려는 의도를 내비쳤을 때는 살짝 당황한 것도 사실이다.

강호의 노고수들과 만나다 보면, 이렇게 돌발 상황이 일어나곤 한다.

전생에도 그렇고 지금도 마찬가지였다.

한빈이 잠시 상념에 잠겼을 때, 사도련의 인물 중 누군가가 일어났다.

부스럭.

옷자락 구겨지는 소리와 함께 일어난 이는 검은 무복의 사내였다.

그것도 머리가 희끗한 노고수.

한빈은 그를 보며 빙긋 웃었다. 지금 일어난 이는 이전 여행에서 한빈을 적극적으로 도왔던 산서삼살 중 하나인 흑의살풍이었다.

자리에서 일어난 흑의살풍은 무슨 일이 일어났는지 모른다는 듯 두리번거렸다.

그렇게 주변을 둘러보던 흑의살풍이 한빈을 발견했다.

흑의살풍은 재빨리 달려와 한빈의 앞에 섰다.

"팽 공자, 어제는……."

말끝을 흐리며 눈치를 보는 흑의살풍.

산서삼살이라는 명칭에 걸맞지 않은 모습을 보이는 데는 이유가 있었다.

그는 한빈이 적룡대협과 동일인이라는 것을 아는 사람 중 하나였다.

전에 자신을 굴렸던 것은 밉지만, 그날 잔혈마도와의 대결 이후로는 한빈을 보면 그때의 기억이 떠올라 피가 뜨거웠다.

거기에 더해 지금 사파가 벌이는 모든 일의 중심에는 적룡대협이 있었다.

적룡대협의 영웅담이 이야기책으로 떠도는 현재.

적룡이라는 이름 두 글자는 사파인 모두에게 선망의 대상
이었다.

한빈과 적룡대협이 동일인이라는 속사정을 알고 있지만,
이렇게 직접 보니 이야기 속 인물을 직접 본다는 뿌듯함이
있었다.

흑의살풍의 이상한 모습에 한빈이 손을 흔들었다.

"어제 일은 됐고, 뭐 하나만 묻죠."

"물어보시지요, 팽 공자."

"혹시 독고련 선배에 대해서 아십니까?"

"선배라니요? 그분과 어떤 사이길래……."

"뭐, 호칭이 뭔 상관입니까?"

"아, 팽 공자라면 그럴 수도 있겠군요."

"그런데 말투가 왜 그러십니까? 말 좀 편하게 하시죠. 우
리가 하루 이틀 본 사이인가요?"

한빈의 말에 흑의살풍은 움찔했다.

자신이 너무 이야기책 속 적룡대협에 빠져 있다는 생각이
들었던 것이다.

한빈에게서 적룡대협의 이름을 지운다면?

순간, 흑의살풍의 머릿속에 치가 떨리도록 한빈에게 이용
당했던 과거가 떠올랐다.

힐끔 한빈의 표정을 보니 예나 지금이나 변한 것은 없었다.

외모와 분위기가 조금 달라진 것 같지만, 저 악랄한 미소는 예전과 똑같았다.

살짝 한빈과 시선이 마주친 흑의살풍은 재빨리 눈치를 챘다.

흑의살풍도 강호에서 산전수전 다 겪은 고수.

알은체하지 말라는 한빈의 눈빛을 읽은 것이다.

그는 재빨리 표정을 지우고 활짝 웃었다.

"허, 역시 팽 공자는 광오하기 이를 데 없네. 궁금한 게 무엇인지……."

"독고련 선배의 검을 만든 장인이 누군가요? 그런 장인이 강남 땅에 있었나요?"

"이건 진짜 비밀이네."

흑의살풍은 주변을 두리번거렸다.

그 모습에 한빈이 말했다.

"뜸 들이지 말고 말해 보시지요."

"남편이 만들어 줬다고 들었네."

"남편이라고요?"

혼잣말을 한 한빈이 관자놀이를 툭툭 쳤다.

이건 전생에 들어 본 적이 없는 이야기였다.

강남 사도련주의 누이라는 것 이외에는 알고 있는 사실이 없었다.

그러고 보니…….

한빈은 독고련이 자신을 손녀사위로 삼으려던 일을 떠올렸다.

손녀가 있다면 당연히 남편도 있다는 것이 아닌가?

한빈의 표정을 본 흑의살풍이 말을 이었다.

"젊었을 때 만나고 나서는 가는 길이 달라 떨어져 지냈다고 하네. 독고련 어르신은 최고의 검술을 찾으려 했고 그 남편이셨던 분은 최고의 검을 만들려고 하셨다네. 거기까지가 아는 얘기네. 가끔 손녀가 오긴 하지만……. 읍."

설명을 늘어놓던 흑의살풍은 재빨리 입을 막았다.

자신이 너무 많은 이야기를 늘어놨다 생각한 것이다.

한빈이 다시 물었다.

"독고련 선배한테 진짜 손녀가 있나요?"

"전에 한 번 본 것도 같네. 몇 년 전에 열 살 정도 되었으니 지금은 뭐…….'"

설명을 이어 나가려던 흑의살풍이 고개를 갸웃했다.

한빈의 표정이 묘하게 변했기 때문이다.

흑의살풍이 살짝 긴장하고 있을 때, 한빈이 마시던 차를 뿜었다.

"푸읍!"

한빈이 뿜은 찻물이 모닥불 위를 수놓았다.

입가를 소매로 닦은 한빈은 독고련이 사라진 곳을 살폈다.

아무리 생각해도 심계가 깊은 여고수였다.

분명 독고련에게 얻을 것을 다 얻었다.

그런데 살짝 당했다는 느낌이 드는 것은 왜일까?

❧

확장 중인 사도련의 무관이 자리 잡고 있는 영단산의 정상.

독고련이 하얀 도포와 희고 긴 머리를 펄럭이며 무관의 정문 앞에 나타났다.

정문을 지키는 경비 무사들이 뭐라 인사를 하기도 전에 독고련은 빠르게 그들 옆을 지나갔다.

경비 무사들은 얼떨떨하게 바람처럼 지나간 독고련의 뒷모습을 바라볼 뿐이었다.

독고련이 도착한 곳은 한적한 별채였다.

별채는 꽃과 연못으로 아기자기하게 꾸며져 있었다.

독고련이 도착하자 별채의 작은 문이 열렸다.

스르륵.

문이 열리고 누군가가 고개를 삐쭉 내밀었다.

앙증맞게 생긴 양 갈래 머리의 소녀였다.

그 소녀를 본 독고련은 바람처럼 달려갔다.

"아이고, 내 새끼."

"할머니, 어디 갔다 왔어?"

양 갈래 머리의 소녀가 활짝 웃으며 팔을 벌렸다.

독고련은 양 갈래 머리의 소녀를 번쩍 안아 들었다.

그러고는 소녀의 엉덩이를 토닥였다.

독고련이 활짝 웃으며 말했다.

"네가 말한 아이를 만나고 왔다."

"정말로요? 할머니가 한빈 오라버니를 만나고 오셨다고?"

"그래. 네가 점찍을 만하다는 생각이 들었다."

"헤헤, 할머니도 우리 오라버니한테 반한 거야?"

양 갈래 머리 소녀는 방긋 웃었다.

독고련은 그 웃음이 답하며 되물었다.

"우리 소연이는 그놈의 어디가 그리 좋은 거냐?"

독고련이 소연이라 부른 아이는 한빈도 잘 알고 있는 소녀
였다.

그 아이는 다름 아닌 강북 제일의 대장장이인 정철민의 손
녀, 정소연이었다.

독고련과 정철민은 젊은 시절 부부의 연을 맺었었다.

하지만 서로의 길이 달라 별거 중이었다.

장기 별거에 들어갔다고 할까?

독고련도 정철민의 결정에 적극적으로 찬성했다.

언제 어디서 목에 칼이 들어올지 모르는 것이 강호가 아니
던가?

자신의 남편과 아들 그리고 그 후손이 강호의 일에 휘말리는 것을 원치 않았다.

독고련은 자신의 손녀가 태어난 뒤, 이 결정을 잘 내렸다고 생각했다.

강호보다는 손녀의 재롱이 더 좋았으니 말이다.

물론 독고련이 남편과 완전히 연을 끊은 것은 아니었다.

일 년에 한 번쯤은 이렇게 손녀가 찾아오니 말이다.

손녀가 찾아오기 전에는 아들이 찾아왔었다.

지금은 그 아들의 역할을 손녀가 하는 것이고 말이다.

강호에 일이 휘말리지 않게 하기 위해 떨어져 지내는 만큼, 그들의 사정은 밖으로는 알려지지 않았다.

정소연은 볼을 부풀리며 할머니를 바라봤다.

어디가 그리 좋냐고 했지만, 딱히 말할 수는 없었다.

그러다가 한 가지 기억이 났다.

"음, 그러니까. 오라버니 옆에 있으면 복이 와, 헤헤."

"복이라니, 그게 무슨 말이냐? 소연아."

"지난번에 오라버니 때문에 돈도 땄어, 할머니."

"그놈이 노름을 가르쳤다는 말이냐?"

독고련이 눈을 가늘게 뜨자 정소연은 재빨리 손을 흔들었다.

"그게 아니라 할아버지랑 부탁한 칼 전해 주러 갔다가 내기에서 딴 거야, 할머니. 할아버지도 아는걸."

"이 노인네가 얘한테 좋은 걸 가르치는군……."

"아니야. 내가 그냥 한 거야. 그래서 내가 시집갈 돈도 벌어 났는걸, 헤헤."

"그래, 이겼다니 다행이구나."

정소연의 해맑은 모습에 독고련은 어색하게 웃으며 고개를 끄덕였다.

독고련은 아직은 손녀의 응석을 받아 줄 때라 생각했다.

정소연이 말한 것은 당시 맹호사대였던 적혈맹호대를 앞세워 팽무빈의 무사들과 비무를 벌였을 때의 일.

정소연이 그때의 일을 회상하며 방긋 웃었다.

그 모습을 바라보던 독고련은 조용히 하늘을 올려다보며 방금 만난 한빈을 떠올렸다.

독고련이 한빈을 만나기로 결심한 것은 사실 자의 반, 타의 반이었다.

여기서 자의란 사도련과 거래하는 한빈을 시험해 보고 싶은 자신의 마음이고, 타의란 손녀 정소연의 부탁 때문이었다.

자의로 만난 것에 대한 결과는 만족이었다.

손해 보는 장사도 안 하지만 상대에게 해를 입힐 자도 아니기 때문이다.

하지만 손녀의 사윗감으로는 의문이 들었다.

손녀 정소연은 아직 어렸다.

어린 손녀의 마음은 앞으로도 몇 번씩 변할 것이었다. 지금 손녀의 마음은 날아가는 예쁜 새를 좋아하는 마음과 같을 수도 있었다.

거기에 더해 손녀가 혼사를 치를 나이가 되려면 아직 까마득한 법.

그동안 한빈을 철저히 지켜보기로 했다.

독고련은 진득한 미소와 함께 산 아래를 바라봤다.

　　　　　　　　　　🌿

같은 시각, 한빈은 어깨를 살짝 떨며 고개를 갸웃했다.

"아, 왜 이렇게 오한이 들지?"

"공자님, 땔감 좀 더 넣을까요?"

설화가 걱정스러운 눈빛으로 물었다.

이제까지 한빈이 귀가 간지럽다는 적은 있어도 오한이 든다고 한 적은 없었기 때문이다.

"아, 괜찮아. 그냥 느낌이 으스스해서 그래."

한빈은 아무 일도 아니라는 것처럼 손을 내저었다.

그러고는 아직 잠든 이들을 다시 바라봤다.

아직 많은 이가 정신을 잃고 쓰러져 있는 상태였다.

차 몇 잔을 마실 때쯤에야 그들이 하나둘씩 정신을 차리기 시작했다.

그중 가장 눈에 띄는 것은 역시 편육랑아였다.

편육랑아가 일어나자 마치 커다란 바위가 움직이는 것 같은 느낌이 들었다.

하지만 몇몇 무인은 아직도 깨어나지 못했다.

모두 한빈이 풍지혈을 제압해 잠이 든 이들이었다.

한빈은 재빨리 그들 사이를 누볐다.

픽, 픽.

한빈이 손을 쓰자 여기저기서 신음을 내며 일어나기 시작했다.

그 모습이 악비광이 물었다.

"아깐 고수가 제압한 혈도를 풀면 탈 난다면서요?"

"얘네는 내가 제압한 거니 괜찮아."

한빈의 말에 악비광이 억울하다는 듯 물었다.

"헉, 그럼 아까는 왜 가만계셨습니까? 형님."

"네가 수련 부족인 것 같아서."

한빈이 진지한 표정으로 답했다.

"아, 그렇군요."

악비광은 포기한 듯 답했다.

한빈의 표정이 워낙 진지해서 따지지도 못했다.

대신 고개를 숙인 채 머리를 감싸 쥐었다.

그때였다.

새로 합류한 원경이 깨어나서 주변을 둘러봤다.

목숨이 오락가락하던 어제와는 상황이 변했다.

조금 어수선하기는 해도 피비린내 대신 풀잎 향기가 솔솔 풍기고 있었다.

  원경은 침을 꿀꺽 삼키고 한빈에게 달려갔다.

  사실 어제 누가 자신의 혈도를 제압해서 잠이 들게 만들었는지도 몰랐다.

  그저 뒤엉켜 싸우는 중에 어떤 고수가 자신을 제압했겠거니 하는 원경이었다.

  한빈의 앞에 선 원경은 떨리는 목소리로 물었다.

  "주, 주군. 어제 무슨 일이 일어난 겁니까?"

  "원경아, 지금 남은 아군은 몇 명이지?"

  "그, 그게 무슨 말씀인가요?"

  "동료 중 다친 자가 몇이고 죽은 자가 몇이냐는 이야기다. 조금 더 들어가면 경상이 몇이고 중상이 몇이냐까지 파악해야겠지. 겉으로는 멀쩡해 보여도 내상을 입은 자도 있을 것이고."

  "……."

  "네가 일어나서 가장 먼저 해야 할 일이 바로 상황 파악이다. 내게 그 상황을 물어보는 것이 아니고."

  "……."

  "간밤에 무슨 일이 일어났는지는 다른 사람이 가르쳐 줄 것이다."

  말을 마친 한빈은 고개를 돌렸다.

그곳에서는 흑의살풍이 고개를 갸웃하고 있다.

한빈과 시선이 마주친 흑의살풍이 물었다.

"왜 그렇게 보는가?"

"부탁 하나만 하겠습니다."

"자네 부탁이라면 언제든지 환영일세……."

"정말 언제든 해도 되나요?"

한빈이 짓궂은 표정으로 묻자, 흑의살풍은 살짝 놀랐다.

"흠, 그건……. 뭐."

"농담이에요. 다름이 아니라 이 녀석 좀 데려가서 어제 일에 대해서 대충 설명해 주시죠. 그리고 사파에 대해서도 확실히 알려 주시면 고맙겠습니다. 뭐, 말귀를 못 알아들으면 좀 굴려도 됩니다."

"그거라면 내가 전문가를 한 명 알고 있네, 험."

헛기침한 흑의살풍은 누군가에게 손짓했다.

그 누군가를 확인한 한빈은 피식 웃었다.

그곳에 있는 것은 다름 아닌 편육랑아였다.

편육랑아는 낭아봉을 어깨에 걸쳐 멘 채 잽싸게 달려왔다.

쿵, 쿵.

편육랑아의 무게 때문인지 모두의 시선이 모였다.

편육랑아가 물었다.

"형님, 왜 그러시……."

흑의살풍이 불러서 다급히 왔지만, 옆에 한빈이 있자 흠칫

한 것이었다.

한빈이 피식 웃으며 먼저 말했다.

"저는 신경 쓰지 마시고 그냥 얘기 나누시죠."

"그렇게 말한다면야……."

편육랑아는 말끝을 흐리며 흑의살풍에게 시선을 돌렸다.

"형님, 무슨 일 때문에 부르셨습니까?"

"귀 좀 대.보게."

흑의살풍이 손짓하자 편육랑아가 슬그머니 귀를 갖다 댔다.

그렇게 대화를 나누는 둘의 얼굴에는 화색이 돌았다.

하지만 그에 비해 원경의 얼굴을 사색이 되어 갔다.

대화가 끝나자 편육랑아가 원경의 허리를 잡고는 그대로 어디론가 데려갔다.

끌려가는 원경이 외쳤다.

"지, 지금 뭐 하시는 겁니까? 주, 주군! 살려 주십시오!"

"영웅이 되는 길이니 수업 잘 듣고 오너라."

말을 마친 한빈은 흑의살풍을 바라봤다.

시선이 마주친 흑의살풍이 고개를 갸웃하며 물었다.

"왜 그렇게 보나? 해 달라는 대로 해 줬는데……."

"쟤들도 부탁합니다."

한빈이 멀뚱히 있던 원경과 같이 들어온 무리를 가리켰다.

흑의살풍이 손을 툭툭 털며 자리에서 일어났다.

"물론이지."

말을 마친 흑의살풍은 신입 대원을 데리고 어디론가 사라졌다.

한빈은 그 모습을 흐뭇하게 바라봤다.

한빈은 촉이 좋은 원경에게 강호에 대해 알려 주고 싶었다.

강호를 안다는 것은 무엇일까?

그것은 많이 부딪치는 것밖에 없었다.

조금 심하게 부딪친다면?

그것이 바로 속성 과정이었다.

흑의살풍과 편육랑아가 사라지자, 당기명이 한빈의 곁으로 다가왔다.

"사도련 분들과 친하신가 봅니다."

"사해는 동도라는 말이 있지 않습니까? 어차피 다 같은 칼밥을 먹는 처지 아닌가요?"

"흠, 그래서 사파인들과 친하게 지내라는 말씀인가요? 이번 무가지회 자체가 사파에 대항하기 위해 열리는 행사인 것은 아십니까?"

"물론 알지요. 그러니 더 친하게 지내야죠."

"그게 무슨 말씀입니까?"

"적을 알고 나를 알면 백전백승이라는 말이 있죠?"

"그런데 방금은 사해는 동도라고 하시지 않았습니까? 그럼 사파는 우리의 친구가 아니라는 말 아닙니까?"

"그 말씀을 드리려고 하는 겁니다. 나보다 먼저 알아야 하는 사람이 누군지 아십니까?"

"……."

"그건 적입니다. 나는 천천히 알아도 됩니다. 밥을 먹으면서 알아 가도 되고 잠을 자면서 알아 가도 됩니다."

"……."

"그럼 적 다음에 알아야 할 사람이 누군지 아십니까?"

"적 다음이라고 하면 바로 자신이겠죠."

"아닙니다. 다음에 알아야 할 건 친구입니다."

말을 마친 한빈은 빙긋 웃었다.

조금은 의미심장한 말에 당기명은 자신도 모르게 침음을 삼켰다.

"음."

"그건 강호의 역사가 말해 주고 있죠. 역사적으로 유명한 천하제일인들이 적에게 쓰러졌습니까?"

"……."

당기명은 아무 대답도 하지 않았다.

그 모습에 한빈이 다시 말을 이었다.

"적에게 쓰러졌다면 어찌 천하제일인의 칭호를 얻었겠습니까? 천하제일인은 항상 친구에게 쓰러지는 법입니다."

"아무리 그래도 사파와……."

"어차피 공동의 적이 나타나면 등을 맡길 사람들입니다. 그때까지는 우리에게 적이지만 말입니다. 뭐 지금은 적이기에 뒤통수 맞을 일이 없는 관계이기도 하죠."

"그게 무슨 말입니까? 적이라니요?"

"제가 말씀드리지 않았습니까? 사천당가의 가주님이 실수로 주화입마에 걸리실 분입니까? 친구 중에 의심 갈 만한 분을 찾아보시죠."

한빈의 말에 당기명은 시선을 돌려 어딘가를 바라봤다.

그가 바라보고 있는 곳은 사천당가가 있는 서남쪽 방향이었다.

한빈 일행이 그 자리를 떠난 것은 그다음 날 아침이었다. 그들은 한 번도 쉬지 않고 영단산을 가로질렀다.

어찌 보면 다행스러운 일이지만, 당기명만은 의문을 품고 있었다.

정상에 있는 사도련의 무관을 지나칠 때는 사실 조금 긴장했었다.

하지만 그곳에서는 사파의 그림자도 볼 수 없었다.

흑의살풍과 편육랑아가 이끄는 사도련 무사들이 돌아간

후, 묘하게 영단산에는 정적이 감도는 듯 보였다.

가끔 들리던 늑대 울음소리까지 멈췄다.

지금은 덜그럭거리는 마차 소리가 산중을 울릴 뿐이었다.

이렇게 한가해지자 당기명의 머릿속에서는 한빈에 대한
온갖 의문이 싹트기 시작했다.

천하제일의 의술을 가지고 있다는 것도 모자라, 성격 더럽
기로 소문난 산서삼살 중 둘을 어린애 다루듯 한다는 것이
도저히 이해가 안 되었다.

더 이상한 것은 산서삼살이 마치 한빈을 우러러보는 것 같
다는 느낌이 들었다는 점이었다.

생각해 보면 천수장의 아랫마을 사람들도 천수장주라고
하면 껌뻑 죽지 않았던가?

하지만 당기명은 그 이유가 뭔지는 알 수 없었다.

당기명은 의문 때문에 행렬에서 가장 뒤로 처졌다.

자신도 모르게 멈춘 것이었다.

멍하니 허공을 보고 있는 당기명을 발견한 당독대가 달려
왔다.

"공자님, 무슨 근심이 그렇게 많으십니까?"

"아무것도 아니다."

"걱정하지 마십시오. 팽 공자가 사천당가에 도착하면 가주
님도 일어나실 겁니다."

"과연 그럴까?"

"걱정하지 마십시오. 당연히 쾌차하실 겁니다."

말을 마친 당독대는 다시 행렬이 있는 쪽으로 뛰어갔다.

당기명은 어깨를 으쓱하고는 다시 발걸음을 옮기려 했다.

그때 다시 의문이 들었다.

조용해도 너무 조용한 것이, 꼭 누군가가 행렬을 호위하는
듯한 착각마저 들었기 때문이다.

당기명의 왠지 모를 느낌에 뒤를 힐끔 돌아봤다.

순간 당기명의 눈이 커졌다.

산등성이에서 사도련의 깃발이 나부끼고 있었다.

마치 행렬을 배웅하는 듯한 느낌으로 말이다.

　

차 한 잔 마실 시간이 지나자 한빈 일행은 영단산을 완전
히 벗어났다.

한빈은 흔들리는 마차 안에서 뭔가를 열심히 적고 있었다.

옆에서 먹을 갈고 있던 설화가 물었다.

"지금 그게 뭐예요?"

친절한 주군

한빈이 별일 아니라는 듯 답했다.

"아, 이거? 오호단문도."

"헉, 그게 무슨 오호단문도예요?"

설화는 눈을 가늘게 뜨고 한빈이 종이 위에 써 내려간 내용을 다시 확인했다.

종이 위에는 끊어진 듯한 문장 몇 개뿐이었다.

그 문장만으로는 말이 되지 않는 그런 형태의 글이 종이 곳곳에 적혀 있었다.

설화가 황당하다는 듯 내용을 바라보다가 말했다.

"이게 오호단문도라고 해도 어떻게 알아봐요?"

이 말은 사실이었다.

마음 내키는 대로 백지 중간중간에 글자를 써넣은 것이 어떻게 가문의 비급이 될 수 있는가?

마치 글을 처음 배운 아이가 장난을 친 것 같았다.

설화의 표정에 한빈이 어깨를 으쓱했다.

"뭐, 필요한 사람은 알아먹겠지."

"그러면 그렇다 치고, 한 가지 더 궁금한 게 있어요."

"그게 뭔데?"

"오호단문도가 멀쩡하게 있는데 이걸 왜 또 적어요?"

"그건 특급 비밀이니 당과 하나 주면 가르쳐 주지."

"……."

설화는 말없이 당과를 넣어 둔 보따리를 바라봤다.

그러더니 바로 고개를 저었다.

"에이, 됐어요. 공자님."

설화가 보기에 오호단문도와 관계된 정보는 당과 하나도 아까운 정보였다.

가주 팽강위가 이 사실을 안다면 놀라 자빠질 것이었다.

그 모습에 피식 웃은 한빈은 붓을 놓고 시원하게 기지개를 켰다.

그때였다.

눈매를 좁힌 한빈이 창밖으로 고개를 내밀었다.

한빈의 시야에 황색 먼지구름이 들어왔다.

누군가 한빈이 있는 곳으로 달려오고 있는 것이다.

말발굽 소리도 들리지 않고 하다못해 발소리도 들리지 않는다.

한빈이 예상하는 인물은 하나였다.

먼지구름이 점점 가까워지자, 한빈이 씩 웃으며 외쳤다.

"여기서 잠시 쉬어 가죠!"

순간 그 말을 당기명이 받았다.

"모두 멈춰라!"

순간 한빈의 행렬이 그 자리에서 멈췄다.

한빈이 마차에서 나와 팔짱을 끼고 먼지구름을 바라봤다.

한빈의 옆에 있는 악비광은 잔뜩 긴장한 모습으로 창대를 고쳐 잡고 있다.

그 모습에 한빈이 말했다.

"비광아, 창 치워라."

"적일지도 모릅니다."

"적 중에 저런 독특한 냄새를 풍기는 자를 본 적은 없다."

"냄새라니요?"

"나중에 알게 될 테니 미리 묻지 마."

"형님, 그럼 아군이란 말입니까?"

"아마도 지금은 아군일걸."

말을 마친 한빈이 어깨를 으쓱했다.

돌아선 한빈은 묘한 표정으로 앞으로 걸어갔다.

그 순간 황토색 먼지구름이 걷혔다.

옆에 있던 악비광은 코를 씰룩하더니 재빨리 숨을 멈췄다.

한빈의 말대로 앞쪽에서는 악취가 풀풀 풍겨 왔기 때문이다.

악비광은 눈매를 좁혔다.

저런 악취를 풍길 인물이라면 개방밖에 없었다.

악비광의 표정에도 아랑곳하지 않고, 한빈은 손을 휘휘 저어 먼지를 몰아냈다.

그러고는 퉁명스럽게 말했다.

"전서구 보낸 지가 언젠데 이렇게 늦게 왔어?"

"켁."

상대는 대답 대신 가래침을 바닥에 뱉었다.

한빈이 눈매를 좁혔다.

"지금 그건 무슨 짓이지? 나한테 혹시 불만이라도 있는 거냐? 광개."

먼지구름의 주인공은 광개였다.

광개는 전서를 받고 급하게 달려오는 길이었다.

광개가 원망 어린 눈빛으로 한빈을 바라봤다.

"이 망할 놈아, 먼지를 먹으면서 이렇게 달려왔는데 입에 쌓인 먼지도 내 맘대로 못 뱉냐?"

이것은 광개의 진심이었다.

한빈이 보낸 전서구 때문에 입에 들어오는 먼지도 뱉어 낼 틈도 없이 급하게 달려온 것이다.

하지만 한빈의 표정은 시큰둥했다.

"그러니까 수행이 부족한 거라니까. 그렇게 먼지를 일으키면서 오는 게 구걸십팔보의 오의는 아니잖아."

"누가 몰라서 먼지를 피우는 거냐? 내 실력이 안 되는데 어떡하냔 말이다. 사람을 불러 놨으면 용건부터 말을 해야지."

"일단 이것부터 받아라, 광개."

한빈이 뒤쪽에서 대나무 통 하나를 꺼냈다.

순간 광개의 눈빛이 달라졌다.

마치 맑은 연못에 보름달이 뜬 것처럼 초롱초롱하게 눈을 빛냈다.

"그건 대체 무슨 술이냐? 흘러나오는 향기를 보면 보통 술이 아닌 것 같은데……."

"북해의 화령주다. 몇 병 못 구했는데, 그중 하나를 주는 거다."

"헉, 북해의 화령주? 한 잔만으로도 북해의 찬바람을 느낄 수 있다는……."

광개는 화령주에 대해 주저리주저리 정보를 늘어놓았다.

이런 행동에는 이유가 있었다.

북해의 화령주는 북해빙궁에서 핀다는 꽃들의 영혼을 담아서 만들었다는 명주였다.

물론 꽃의 영혼을 담을 수는 없었다.

그 정도로 정성을 다해 빚었다는 뜻이었다.

한빈이 손을 내저었다.

"그래, 그러니 아껴 먹든지 지금 다 먹든지 네 마음대로 해."

"고, 고맙다."

화령주를 건네받은 광개의 손이 떨렸다.

한빈은 고개를 돌려 영단산을 바라봤다.

이 화령주는 흑의살풍이 준 것이었다.

북해로 떠난 산서삼살의 둘째 빙혈서생이 한빈에게 전하라 보내온 것이라 했다.

깨달음을 줘서 고맙다는 말과 함께 말이다.

어떤 깨달음을 줬는지 한빈도 알 수는 없었다. 이유야 어쨌든 명주를 마다할 한빈이 아니었다.

한빈은 그중 일부를 대나무 통에 덜어 광개에게 건넨 것이다.

홍칠개 덕분에 광개가 요즘 이리저리 구르고 있다는 것을 한빈도 알고 있었다.

지금은 당근이 필요할 때였다.

감격해서 손까지 떠는 광개를 보며 피식 웃은 한빈은 품속에 손을 집어넣어 서찰을 꺼냈다.

"하북팽가의 행렬은 파악하고 있지?"

"그럼, 당연하지."

"이 서찰 좀 내 형님께 전해라. 괜히 펴 보지 말고."

"흠."

"잘못하면 주화입마에 빠질 수도 있다."

"그래, 알았으니 걱정하지 말아라."

고개를 끄덕인 광개는 길가로 가더니 자리에 철퍼덕 앉았다.

그 모습에 한빈이 물었다.

"안 가고 뭐 해?"

한빈이 고개를 갸웃하자 광개가 눈을 끔벅이며 말했다.

"친구, 여기까지 불렀으면 밥이라도 먹여야지. 그냥 보내려고?"

"흠, 이거 좀 난처하게 됐는데……."

"왜? 밥이 아까워서?"

"밥이 아까울 리가……. 그만큼 굴리면 되는 게 강호의 법칙 아니야?"

"헉, 무슨 강호의 법칙이 그렇게 살벌하냐?"

"다른 건 아니고, 이 행렬의 주인은 내가 아니라 뒤에 있는 분이거든."

말을 마친 한빈은 뒤쪽을 가리켰다.

그곳에서는 당기명이 황당하다는 듯 광개를 바라보고 있었다.

한빈의 말은 진심이었다.

이 행렬의 주인은 사천당가였다.

천수장의 장주인 한빈을 호위해서 무사히 가문까지 돌아가게 하는 것이 당기명의 임무였다.

그런데 영단산을 벗어난 지도 얼마 안 되었는데 갑자기 밥을 먹자니!

이건 미치고 팔딱 뛸 노릇이었다.

당기명은 재빨리 한빈이 있는 곳으로 달려갔다.

"한시가 급한데 여기서 지체할 수는 없습니다. 저분은 대체 누구시기에……."

그가 말을 맺기도 전에 광개가 앞으로 나왔다.

"개방 하남분타의 분타주, 광개라고 합니다."

"흠."

광개를 본 당기명이 눈을 가늘게 뜨며 현재 상황을 정리했다.

그가 내린 결론은 간단했다.

지금 하남을 벗어나려면 아직 한참 남은 상태였다.

만약 개방의 도움을 받는다면?

당기명은 재빨리 고개를 끄덕였다.

"좋습니다. 급하게 영단산을 벗어나느라 말들도 지쳤으니, 여기서 쉬어 가는 것도 나쁘지는 않을 듯싶습니다. 일단 그늘로 자리를 옮기시죠."

그때 악비광이 불쑥 끼어들었다.

"형님, 저도 이 행렬에 지분이 있을 듯한데 제게도 물어봐야 하는 거 아닙니까? 그리고 개방의 일개 분타주가 무엇이 길래 행렬을 멈추고 음식까지 대접한다는 말입니까?"

악비광의 말에 주변의 공기가 싸늘해졌다.

한빈은 팔짱을 끼고 슬쩍 뒤로 물러났다.

전생에도 이와 똑같은 일이 있었다.

거지답지 않게 돈에 미친 광개나, 생긴 거와 다르게 여자에 미친 악비광은 서로 다르면서도 하나의 공통점을 가지고 있었다.

그것은 둘 다 무공에 미쳤다는 점이었다.

전생에도 보자마자 날을 세우며 대화를 시작했었다.

그 끝은 비무였고 말이다.

지금이라고 다를까?

한빈은 그러려니 하고 쪼그려 앉았다.

아니나 다를까, 광개가 타구봉을 앞으로 내밀며 답했다.

"나는 개방의 광개라고 한다. 불만이 있으면 말로 하지 말고 이걸로 얘기하는 게 어때?"

광개는 타구봉을 바닥에 내리쳤다.

팡!

순간 바닥에 쌓였던 먼지가 뿌옇게 피어올랐다.

그때 악비광이 장창을 돌리기 시작했다.

휙, 휙.

장창을 바람개비처럼 돌리자 뿌옇게 피어올랐던 먼지가

광개 쪽으로 날아갔다.

조금이라도 손해 보지 않겠다는 행동.

악비광이 입꼬리를 올리며 외쳤다.

"좋지!"

순간, 누가 먼저라고 할 것 없이 자신의 병기를 내뻗었다.

슝!

붕!

광개와 악비광은 서로 잘났다는 듯 화려한 초식으로 서로
의 급소를 노렸다.

팡, 팡.

두 사람이 밟는 진각 소리에 한빈은 한숨을 내쉬었다.

"휴."

이건 자신이 말릴 수 없는 문제였다.

한빈의 한숨이 끝나기도 전에, 누군가가 어깨를 톡톡 쳤
다.

고개를 돌려 보니 당기명이 입 모양으로 묻고 있다.

무슨 일이냐는 뜻이다.

한빈은 당기명에게 그늘을 가리키며 말했다.

"조금 걸리니까, 잠깐 앉아서 구경하세요."

"말려야 하지 않을까요?"

당기명은 불안한지 연신 고개를 갸웃했다.

그 모습에 한빈이 말했다.

"뭐, 언젠가는 한판 붙어야 할 인간들입니다. 한나절은 가야 할 테니 구경하다가 피곤하면 그늘에서 좀 쉬십시오."

"아무리 그래도……."

당기명은 말꼬리를 흐리며 고개를 갸웃했다.

한빈도 같이 고개를 갸웃했다.

타구봉과 장창이 내던 소리가 멈춘 것이다.

안개가 걷히자 광개와 악비광이 동작을 멈춘 상태에서 황당하다는 아래쪽을 바라보고 있었다.

아래쪽에는 아직 먼지가 뿌옇게 시야를 가리고 있었다.

먼지가 사라지자 아래쪽을 향하고 있던 그들의 타구봉과 장창이 드러났다.

그들의 병기는 붉은색 단검에 막혀 있었다.

그들의 싸움을 막아선 것은 설화였다.

먼지가 조금 더 가라앉자 설화가 무엇 때문에 싸움을 말렸는지 알 수 있었다.

설화의 아래에는 청화가 뭔가를 감싸고 있었다.

설화가 아무렇지 않게 장창과 타구봉을 쳐 냈다.

툭.

눈을 가늘게 뜬 설화는 못마땅한 표정으로 둘에게 말했다.

"아무리 싸움이 좋아도 주변은 돌아봐야죠!"

설화의 외침에 광개가 타구봉을 거둬들이고 물었다.

"그게 무슨 말인지 모르겠군. 갑자기 끼어든 저 아이 잘못이지, 왜 우리가 잘못이란 말이오?"

"그건 그렇지. 비무를 벌이는 중 갑자기 난입하는 법이 대
체……."

악비광도 거들었다.

그 모습에 설화가 반문했다.

"비무가 아무리 중요해도 생명보다 더 중요한가요?"

"생명이라니? 그게 무슨 말이오?"

광개가 고개를 갸웃하자 설화는 청화를 일으켰다.

일어난 청화는 조심스럽게 손바닥을 폈다.

그곳에는 날개에 상처를 입은 듯한 비둘기 한 마리가 파닥
거리고 있었다.

모두가 입을 벌리고 비둘기를 바라보고 있을 때, 설화가
말을 이었다.

"이게 생명이 아니면 뭐예요?"

"아무리 그래도 비둘기 한 마리 때문에……."

"비둘기하고 거지 아저씨하고 뭐가 다르죠? 똑같은 생명
이잖아요. 생각해 보세요. 불경에서도……."

설화는 한바탕 설교를 늘어놓기 시작했다.

옆에 있는 청화는 상처 입은 비둘기를 쓰다듬고 있었고 말
이다.

그 모습에 한빈은 입을 벌렸다.

전생과 많이 바뀐 설화의 성격 때문이다.

천하제일 살수를 목표로 하는 설화가 측은지심을 느끼고 있다고?

게다가 청화 또한 낯설었다.

청화의 근본은 독인이었다.

그녀는 독을 써서 상대를 한 줌 핏물로 만들어 버리던 집단의 책임자.

공독지체로 바뀌면서 성격도 바뀐 것일까?

독인으로 살아오며 독으로 상대를 해친 경험이 한두 번이 아닐 텐데, 비둘기 하나를 구하려고 고수들의 비무에 끼어들다니!

공독지체가 완성되면 천하제일의 독인이 될 텐데, 그 독인이 생명을 저렇게 소중히 여긴다고?

한빈은 설화와 청화를 보며 눈을 가늘게 떴다.

설화와 청화, 저 둘 때문에 무림의 판도가 바뀔 것 같았다.

한빈은 정작 변화의 원인은 생각하지 않고 있었다.

설화의 변화도.

청화의 변화도 모두 한빈 때문에 생긴 것이었다.

상념도 잠시, 한빈은 슬쩍 입꼬리를 올렸다.

한빈은 언제 어떻게 튈지 모르는 광개와 악비광을 손쉽게 부릴 방법을 생각해 낸 것이다.

지금 보니 설화가 둘의 천적이 확실했다.

한빈은 앞으로 광개나 악비광에게 일을 맡길 때는 설화를 시켜야겠다고 결심했다.

한빈이 미소를 짓고 있을 때, 옆에서 상황을 지켜보던 있던 당기명은 눈을 크게 뜨고 있었다.

하지만 그가 놀란 이유는 한빈과는 달랐다.

설화와 청화가 비둘기에게 측은지심을 느끼는 일은 당기명에게 중요하지 않았다.

고수들의 비무에 뛰어든 청화의 용기가 심상치 않았고, 두 고수의 병기를 단검으로 막아 낸 설화의 무위가 놀라웠던 것이다.

가장 놀라운 것은 설화의 설교였다.

설화는 광개와 악비광에게 멈추지 않고 잔소리를 늘어놓았다.

보통 시녀가 무림고수에게 당당하게 잔소리를 늘어놓을 수 있던가?

당기명은 이 점이 가장 혼란스러웠다.

주변의 시선에 아랑곳하지 않고 설화는 말을 멈추지 않았다.

마치 이제까지 못 했던 이야기를 모두 광개와 악비광에게 터뜨리는 것 같았다.

광개와 악비광은 이렇다 할 반박도 못 한 채 설화의 설교를 계속 들어야 했다.

"그러니까 이건 누가 봐도……."

조근조근 쪼아 대는 설화의 모습에, 한빈은 광개와 악비광이 불쌍해졌다.

그렇게 반 시진이 지나자 한빈이 나섰다.

착각일까?

자세히 보니 악비광과 광개의 귀가 마구 흔들리고 있었다.

본능적으로 설화의 잔소리를 거부하는 것만 같았다.

"흠."

한빈의 헛기침 소리에 설화가 힐끔 돌아봤다.

한빈을 확인한 설화가 화들짝 놀라 웃었다.

"헤헤, 제가 말이 조금 길었죠?"

"조금이 아니라 많이 길었네. 우리 설화가 쌓인 게 많았나 봐."

"아니에요."

"그건 그렇고 전서나 확인해 보자고."

"전서요?"

"그 비둘기에 매달려 있는 거 전서 통 같은데?"

한빈의 말에 모두의 눈이 커졌다.

악비광과 광개 그리고 설화와 청화가 엉킨 상태라, 모두 비둘기의 다리에 달려 있는 전서를 확인하지 못했던 것이다.

가장 먼저 답한 것은 광개였다.

"이건 우리가 쓰는 전서 통이 아닌데?"

고개를 갸웃한 광개가 청화의 손에 있던 비둘기의 다리에서 전서 통을 풀려 하자 한빈이 손을 저었다.

"멈춰."

"앗, 깜짝이야."

광개가 화들짝 놀라 뒤로 물러났다.

한빈은 고개를 돌려 당기명을 바라봤다.

"당 공자께서 확인하시죠."

"제가요?"

"혹시 독이 있을지도 몰라서 하는 말입니다."

"흠, 독이라……."

"제가 말씀드리지 않았습니까? 모든 게 함정일 수 있다고
요."

"네, 알겠습니다. 팽 공자님."

당기명은 고개를 끄덕인 뒤 조심스럽게 비둘기의 다리를
잡았다.

슬쩍 전서 통을 확인한 당기명은 한빈을 바라봤다.

"팽 공자님이 말씀하신 대로 소량의 독이 묻어 있습니다."

"그럼 비둘기가 독에 당한 것입니까?"

"전서 통의 마개에 묻어 있었습니다. 여기 보이시죠?"

말을 마친 당기명은 마개를 보여 주었다.

당기명이 말한 대로 마개에는 끈적거리는 검댕이가 묻어
있었다.

그것을 본 광개가 잽싸게 뒤로 물러났다.

그 모습에 당기명이 말했다.

"피부에 닿지만 않으면 괜찮습니다. 비둘기도 이 독에 당한 것 같습니다."

"비둘기가 당하다니요?"

"여기 보시면 암기가 스치며 전서 통에 상처를 낸 것 같습니다."

"흠, 그렇군요."

"전서 통에 흠집이 나면서 그 독이 비둘기에게 튄 것이지요. 이 비둘기는 무사들 간의 싸움 도중에 날아오른 것이 분명합니다. 뭐, 이건 삼화산이라는 독인데 그리 걱정할 극독은 아닙니다."

당기명이 전서 통과 비둘기의 날개를 가리켰다.

비둘기의 날개는 시커멓게 변색되어 있었다.

하지만 바로 죽지는 않은 것이, 극독 같지는 않아 보였다.

그런 이유로 광개는 당기명의 근처에서 계속 머물렀다.

광개는 안심한 듯 가슴을 쓸어내리며 질문을 이었다.

"허, 그럼 위험한 독이 아니라는 말씀입니까?"

"뭐 보통 사람이 만지면 몇 달 동안은 고열에 시달리다가 죽을 겁니다. 원인도 모른 채 말입니다. 피부로 스며든 독이 내장을 서서히 녹이니까요."

"헉, 저리 치우시오."

광개가 뒤로 한 발짝 더 물러섰다.

그 모습에 당기명이 황당하다는 듯 광개를 바라봤다.

"이 삼화산이라는 독은 호흡만으로 중독되지는 않습니다. 다만……."

당기명이 말끝을 흐리자 이번에는 악비광이 물었다.

"빨리 말하시지요."

"이 안에 전서를 확인하려면 해독제가 필요할 듯싶습니다."

"아."

"삼화산은 조금은 오래된 독이라 해독제를 만들려면 따로 재료를 구해야 할 듯싶습니다. 그러니 일단 마을로……."

그때 한빈이 재빨리 전서 통을 낚아챘다.

"이리 주시지요. 제가 확인하겠습니다."

"전서를 확인하려면 해독제가……."

"방법이 생각난 것 같으니 일단 맡겨 주시죠."

전서 통을 다시 닫은 한빈은 씩 웃고 나서 옷자락 스치는 소리만 남긴 채 자리에서 사라졌다.

사사—삭.

그 모습에 악비광이 광개를 바라보며 나지막이 말했다.

"역시 경공의 고수는 먼지조차 일으키지 않는군. 누구와는 다르게……."

"건조해서 먼지가 난 것뿐이라네."

"꼭 하수가 병장기나 환경 탓을 하지."

"흠."

광개는 고개를 휙 돌렸다.

광개는 사실 할 말이 없었다. 자신이 한 말 중 반은 변명에 불과했다.

광개 역시 풀이 듬성듬성 나 있는 산길에서라면 먼지를 피우지 않고 구걸십팔보를 펼칠 수 있었다. 하지만 지금처럼 황토 길이라면 자신이 없었다.

그런데 한빈은 환경과는 관계없이 흔적을 남기지 않고 경공을 펼쳤다.

이건 변명의 여지가 없었다.

광개는 한빈이 사라진 방향을 물끄러미 바라보다 주먹을 불끈 쥐었다.

아무리 눈에 힘을 줘도 한빈이 사라진 방향에서는 어떤 기척도, 흔적도 보이지 않았다.

그때 누군가 광개의 어깨를 토닥인다.

"혹시 벽을 보셨습니까?"

"……."

"나는 팽 공자님을 만나기 전까지는 저보다 깡이 좋은 무인은 없다고 생각했습니다."

"……."

"그러나 팽 공자님을 만났을 때, 잠시였지만 벽을 느꼈습니다."

"허허, 첫인상보다는 실제 성격이 진국인 것 같수다."

광개가 악비광을 보며 웃었다.

둘은 서로에게서 공통점을 찾은 것이다.

그렇게 둘이 웃고 있을 때였다.

다급한 외침이 들려왔다.

"앗! 조심해!"

그 목소리에 광개가 고개를 돌렸다.

그곳에서는 당기명이 청화의 앞에 서 있었다.

청화는 무슨 문제냐는 듯 고개를 갸웃하고 있었다.

그 모습에 당기명이 외쳤다.

"비둘기를 내려놔! 그리고 날개를 잡으면 안 된다. 내가 해약을 만들면……."

"비둘기가 왜요? 이제 다 나았어요."

"삼화산에 중독된 비둘기가 다 나았다고? 그럴 리가 없다. 그건 네 착각……."

당기명은 말을 맺지 못했다.

비둘기의 날개가 원래 색으로 돌아왔기 때문이다.

'혹시?'

당기명은 한빈이 사라진 곳을 바라봤다.

한빈이 어떤 조치를 했다고 착각한 것이다.

물론 비둘기의 날개가 본래 색을 찾은 것은 청화가 비둘기의 날개에 스며든 독을 모두 흡수했기 때문이었다.

한빈은 무엇을 하고 있을까?

그는 일행과 조금 떨어진 곳에서 전서를 들고 있었다.

하지만 전서를 읽는 대신 허공을 바라보고 있었다.

삼화산을 만지는 순간 글귀가 나타났기 때문이다.

[독에 대한 이해도가 높아졌습니다. 만독지체에 한 걸음 다가섰습니다.]

막혀 있던 독에 대한 이해도가 높아지는 순간이었다.

[독(毒) : 삼십삼(三十三)]

이번에 삼이란 숫자가 올랐다.

얼마나 더 높여야 만독지체에 다다를지는 모르지만, 일단 한 걸음 다가섰다는 것이 중요했다.

한빈은 시선을 돌려 전서를 확인했다.

영단산에서는 사천당가의 무리를 제거하려고 했으나 실패. 다음 계획은…….

한빈은 눈을 가늘게 떴다.

다음 문구가 지워졌기 때문이다.

전서 통에 흠집이 나며 내용이 훼손된 것이다.

이 전서로 알 수 있는 것은 누군가가 사천당가를 해하려 했다는 것이다.

그런데 실패로 돌아갔다라?

한빈은 영단산을 쓱 둘러봤다.

적지 않은 혈향이 주변에서 풍겼다.

아무래도 적들은 사도련에 당한 것이 분명했다.

독고련이 직접 나섰다면 그들은 상대를 확인하지 못한 채 당했을 것이었다.

어찌 보면 전서구를 날린 것이 대단한 일이었다.

거기에 더해 사천당가를 습격하려 한 무리 속에 생존자가 있다면, 사도련에 사로잡혔을 것이 분명했다.

사도련은 이를 통해 일정 부분 정보를 얻을 수 있을 것이다.

그렇다면 공공의 적이 있다는 것을 더 빨리 인식할 수도 있는 일.

이것은 한빈이 원한 일이었다.

한빈은 어깨를 으쓱했다.

"요즘 들어 운이 좋네."

피식 웃은 한빈은 자리에서 사라졌다.

차 한 잔 마실 즈음의 시간이 흘러, 한빈은 일행의 사이에 나타났다.

그런데 사람이 늘어나 있었다.

그들 중 한빈이 아는 자가 한 명이고, 모르는 자가 한 명이었다.

뭐, 새로 나타난 이들의 공통점은 둘 다 거지라는 것이었다.

광개는 한빈이 나타나자 이들을 불렀다.

"이쪽으로 와서 인사해."

그들이 달려오자 광개는 다시 말을 이었다.

"새로 받은 내 제자들이다. 여긴 나와 형제처럼 지내는 팽 공자."

광개의 말이 끝나자 둘은 동시에 포권했다.

"광개 사부님의 제자 장오라고 합니다."

"저는 현개라고 합니다."

그들의 인사에 한빈이 마주 포권했다.

"나는 하북팽가의 사 공자 팽한빈이라고 한다. 인사는 처음이지만, 지난번에 봤지?"

그 말에 광개가 고개를 갸웃했다.

"언제 봤어?"

"천수장에서 봤지. 사부님이 데려온 친구들이잖아. 사부 찾아 준다고 하시는 걸 들었거든."

"아, 어르신도 너무하시지. 앞날이 창창한 나한테 제자를 들이라고 하면 어떡하라고……."

억울하다는 듯 양팔을 벌려 하소연하던 광개는 말끝을 흐렸다.

홍칠개 때문에 강제로 떠맡긴 했어도 엄연한 이들의 사부였다.

제자한테 못 할 말을 했다 생각한 것이었다.

그 모습에 한빈이 피식 웃었다.

"많이 컸네, 광개."

"내가 뭘?"

"뭐, 칭찬이니 밥이나 먹자고."

말을 마친 한빈은 뒤쪽을 힐끔 돌아보더니 손짓했다.

"장삼, 이리로 와 봐. 동생이 왔는데 알은체는 해야지."

장삼이 한빈의 곁으로 왔다.

한빈에게 살짝 고개를 숙인 장삼이 장오를 바라봤다.

"잘 지냈느냐?"

"형이 여긴 웬일이슈?"

장오는 고개를 돌렸다.

그의 눈에는 이전에 장삼을 무시하던 그런 눈빛이 아닌 존경심이 담겨 있었다.

그토록 동경하던 무인의 세계에서 자신의 형이 자리를 잡았다고 생각하니 왠지 부러웠다.

하지만 인정하기는 싫었다.

삼류의 끝자락에서 놀던 장삼이 자신을 넘어섰다는 것이 이해가 안 되었던 것이다.

그때 장삼의 손이 사정없이 장오의 뒤통수를 갈겼다.

빡!

난데없는 구타에 장오가 뒤로 주춤주춤 물러나며 외쳤다.

"왜 때려요?"

"선배에 대한 태도가 그게 무엇이냐? 나는 네 형이기 이전에 강호의 선배다. 강호에 발을 들여놨으면 온당히 예의를 차려야 하는 법!"

말을 끊은 장삼은 고개를 돌려 광개를 바라봤다.

"분타주님, 강호의 예법부터 철저히 가르쳐 주십시오."

"그러지요. 그런데 왠지 팽 공자를 닮아 가는 것 같습니다, 장 무사."

"뭐, 그렇지요. 수하가 주군을 닮아 가는 것은 자연의 이치인 것 같습니다."

장삼은 광개에게 살짝 고개 숙인 뒤 돌아섰다.

장삼이 떠나자 광개는 낮은 목소리로 말했다.

"장오는 오늘부터 특별 교육이다. 동냥의 기본부터 철저히 가르칠 것이야. 그 전까지는 밥그릇을 손에 쥘 생각을 하지 말거라."

광개의 말에 장삼이 멍하니 하늘을 바라봤다.

그때 광개가 뭔가 생각난 듯 둘에게 말했다.

"너희, 비둘기 가져온 것 좀 올려봐."

광개가 한빈의 마차를 가리키자, 장오와 현개는 비둘기가 든 새집을 가져왔다.

광개는 그들이 들고 있는 새집을 가리키며 말했다.

"이 두 마리는 하남분타로 바로 날아올 것이고, 이놈은 네가 영단산에서 날린 놈이야. 이놈의 용도는 네가 더 잘 알 테고."

광개의 지시에 따라 장오가 비둘기를 마차 위 새장에다 옮기고 있을 때였다.

악비광이 고개를 갸웃했다.

"형님이 보냈다는 전서에는 대체 무슨 내용이 써 있었습니까?"

광개는 아무렇지 않게 답했다.

"비둘기를 가지고 와서 영단산 밑에서 대기하라는 내용이었습니다. 그건 왜 물으십니까?"

"허."

"아, 궁금하게……."

"우리 형님이 누군가한테 이상한 내용으로 전서구를 날렸다고 협박했거든요."

"그게 팽 공자 특기지요."

"그런데 전혀 다른 내용이 써 있었다는 게 황당해서 그럽니다. 목숨이 두 개도 아니고……."

그때 뒤에서 한빈이 나타났다.

갑자기 얼굴을 들이밀자, 광개와 악비광은 아무 말도 못하고 눈치만 봤다.

그때 한빈이 말을 이었다.

"무엇을 썼냐가 중요한 게 아니라, 상대가 어떻게 믿고 있냐가 중요한 것이지. 그리고 너희, 지금 내 욕한 거 맞지?"

그 말에 광개와 악비광은 입을 크게 벌렸다.

한참을 입을 다물지 못하던 광개가 주변을 둘러봤다. 그러고는 잽싸게 화제를 돌렸다.

"심 부대주는 어디 갔어? 심 부대주가 음식 하나는 기가 막히게 잘하던데."

"심 부대주는 밥값 하러 갔지."

"밥값? 뭔 밥값?"

"그건 비밀이야."

"아."

광개는 할 수 없다는 듯 손을 휘휘 내저었다.

화제를 돌려서 위기에서 벗어난 것만 해도 행운이라 생각했다.

같은 시각, 심미호는 금의위의 수장 강유찬을 따라 사천으로 향하고 있었다.

　　그들은 본의 아니게 말을 타야 했다.

　　시간에 맞춰서 사천에서 해야 할 일이 있었기 때문이다.

　　적혈맹호대 중에는 말을 처음 타는 이들도 있었다.

　　딱가닥. 따다닥.

　　말발굽 소리에 맞춰서 그들의 엉덩이가 들썩인다.

　　적혈맹호대 중에 누군가가 외쳤다.

　　"심 부대주님, 조금 쉬었다 가자고 부탁 좀 해 주십시오!"

　　"어디가 불편한데?"

　　"엉덩이에 불이 날 것 같습니다."

　　"그럼 엉덩이에 내공 깔아."

　　"아, 부대주님, 엉덩이 밑으로 어떻게 내공을 깔 수 있습니까?"

　　"못 깔아?"

　　"……."

　　"그럼 수련이 부족한 거야. 주군이 항상 말씀하셨지. 뭔가 부족한 게 느껴진다면 그건 수련이 부족한 거라고."

　　"아무리 그래도……."

　　"너희, 마빡에는 내공 끌어올리잖아."

"네, 그건……."

그는 말끝을 흐렸다. 심미호의 말이 전적으로 맞았기 때문이다.

머리를 무기로 쓴다는 철두공(鐵頭功)을 익힌 것은 아니었다. 그저 천수장에 들어와 처음 수련을 시작했을 때, 머리를 하도 박아 대서 저절로 머리를 보호하는 법을 알게 된 것이다.

그의 표정에 심미호가 진지한 표정으로 말을 이었다.

"거봐. 하면 되잖아. 혹시 알아?"

"뭘요? 부대주님."

"주군이 너희 엉덩이 쪽에도 진기를 돌릴 수 있도록 배려한 걸 수도 있잖아."

"심 부대주님, 그건 좀……."

"그럼 나 먼저 간다. 목적지가 코앞이니 힘내자고 다른 녀석들에게도 전해."

"네, 알겠습니다."

수하는 할 수 없다는 표정으로 말고삐를 잡았다.

심미호는 수하의 모습에 빙긋 웃었다.

그러고는 재빨리 속도를 높였다.

휘이잉.

심미호의 말이 투레질하며 앞으로 달려나가자, 모든 것을 보고 있던 강유찬이 혀를 찼다.

금의위도 전부 도망갈 정도로 무림세가에서 무사들을 굴

리고 있다? 사실 이건 말이 안 되는 것이었다.

무림세가의 무사라고 해 봤자 그 끝은 정해져 있었다.

모시는 직계 공자가 가주에 올랐을 경우, 그중 한둘만이 각주 자리를 차지할 수 있었다.

그것이 끝이었다. 그런데 자신을 따라온 적혈맹호대를 보면 진심을 다하는 것 같았다.

문제는 그곳에서 생겼다.

그들이 진심을 다하자 강유찬이 데려온 금의위 무사 몇이 오기가 생겨서 더욱 속도를 높이기 시작했다.

덕분에 일정의 진행이 두 배는 더 빨라졌다.

이 말도 안 되는 속도는 금의위와 적혈맹호대의 경쟁 때문이었다.

이 경쟁이 언제까지 될지는 강유찬 자신도 몰랐다.

심미호가 포기하지 않는 한, 강유찬도 수하에게 포기하라 권하고 싶지는 않았으니까.

물론 강유찬이 심미호나 적혈맹호대와 경쟁하고 싶다는 것은 아니었다.

그가 묘하게 투쟁심을 일으키는 것은 한빈이었다.

단시간에 이렇게 수하들의 의지를 최상으로 끌어올리는 것은 자신도 못 할 일이었으니 말이다.

그때 문득 심미호가 한 말을 떠올리고 슬쩍 운기를 해 봤다.

스르륵.

화산의 최고 심법 중 하나인 자하신공이 단전에서부터 불끈 솟구친다.

그는 강호 출신의 무관이기에 심미호가 말한 마빡에 기를 모은다는 게 가능한지 궁금했던 것이다.

강유찬은 그 진기를 슬쩍 이마로 흘려보냈다.

스스슥.

흘러가던 진기는 중간에 끊겼다.

뭐지?

솔직히 마빡에 내공을 모을 일이 얼마나 있겠는가?

쉽다고 생각한 이 한 수가 묘하게 어려웠다.

심미호의 거짓말일까?

강유찬은 앞서가는 심미호를 물끄러미 바라봤다.

그것도 잠시, 그는 뒤를 돌아 지나온 길 너머를 응시했다.

그곳은 한빈이 지나올 길이었다.

한빈은 정말 알 수 없는 인물이었다. 이번 부탁도 그렇고 말이다.

❧

한빈 일행은 잠시 소란을 뒤로한 채 모두 그늘에서 식사 준비를 했다.

밥을 얻어먹고 가려던 광개는 한빈의 성화에 토끼구이를 만들어야 했다.

물론 옆에 있던 악비광도 따라가야 했다.

이것은 선택이 아닌 필수였다. 한빈의 눈빛이 그렇게 말하고 있었으니까.

사천당가의 무사들은 자신이 마련해 온 건량을 솥에 풀어 놓고 국을 만들기 시작했고, 소대섭은 남은 적혈맹호대 대원들과 밥을 지었다.

물론 직접 밥을 짓는 것은 원경과 새로 온 무리였고 소대섭은 이를 감독했다.

밥을 짓는 원경은 지금 미칠 지경이었다.

목숨이 왔다 갔다 할 정도로 불안한데 이들은 편하게 식사를 준비하고 있었다.

문제는 원경의 촉이 여길 떠나면 안 된다고 말하고 있다는 점이었다.

이 길의 끝에는 고수의 길이 기다리고 있다고 감이 말해 주고 있었다.

뭐, 일은 고되지 않았다.

천하의 사천당가 무사들이 국과 반찬을 마련하고 개방의 분타주가 토끼를 잡으러 다니는 상황인데, 수적도 되지 못한 원경이 그들과 똑같이 식사를 준비할 수 있다는 것은 영광이었다.

그때 원경은 힐끔 한빈을 바라봤다.

뭐지?

원경은 눈매를 좁혔다.

다른 사람들은 다 일을 시켜 놓고 혼자서만 그늘에 앉아 먼 산을 바라보고 있다니?

사천당가의 당기명은 그래도 팔짱을 끼고 관리 감독을 하고 있지 않은가?

왠지 수하들에게 관심이 없는 것 같아 좀 섭섭했다.

그때 소대섭이 원경의 어깨를 탁 쳤다.

"무엇을 그렇게 보고 있나?"

"아, 아무것도 아닙니다."

원경은 손을 휘휘 내젓자, 소대섭은 알았다는 듯 말했다.

"주군은 우리에게 관심이 없는 게 아니다."

"아, 어떻게 제 마음을……."

"나도 한때는 그랬으니까."

"그럼 저희를 몰래 지켜보고 계신 거군요."

"그건 아니란다. 아마 우리가 하는 일에는 신경을 끊고 계실 거다."

"그럼 관심이 없으신 거잖아요?"

"주군이 왜 우리를 지켜보지 않는 줄 아나?"

"저는 모르겠습니다."

"주군은 항상 이렇게 말씀하셨지. 과정은 중요하지 않다.

오로지 결과만이 중요하다."

"앗, 뭔가 불가나 도가의 문파에서 말하는 거랑은……."

"그러니까. 밥이 맛있으면 장땡이요, 밥이 타면 너와 네 동료는 죽는다는 거지. 원경아, 밥 탄다."

"헛!"

원경은 다급하게 밥이 익어 가는 가마솥을 바라봤다.

그때 광개와 악비광이 돌아왔다.

악비광은 피워 놓은 모닥불 주위로 번개 같은 속도로 나뭇가지를 꼽았다.

탁. 탁.

산동악가의 최고 비기인 악룡비참을 응용한 초식이었다.

안정적으로 나뭇가지가 박히자 옆에 있던 광개는 남은 나뭇가지로 손질된 토끼를 꿰기 시작했다.

파, 바, 팍!

눈 깜짝할 사이에 모두가 먹을 만큼의 토끼가 모닥불 위에서 소리를 내며 익어 가고 있었다.

지글지글.

광개는 익어 가는 토끼 고기 위에 양념을 살짝 뿌렸다.

비린내를 없애 주는 광개만의 비법이었다.

양념을 뿌리자 군침이 넘어갈 정도의 향기가 주변으로 풍겼다.

광개는 뿌듯한 표정으로 토끼구이를 바라봤다.

그때였다.

광개의 옆에 작은 기척이 느껴졌다.

고개를 돌린 광개는 갑자기 나타난 하얀 형태에 깜짝 놀랐다.

"앗, 뭐야?"

"왜 그렇게 놀라세요? 거지 아저씨."

"아, 설화구나. 내가 지난번에도 말했지만, 그렇게 기척 없이 나타나지 말아라. 그러다 큰일 난다고."

"우리 공자님이 시녀는 원래 기척 없이 다니는 거라고 했어요."

"허."

광개는 어이가 없었다. 기척이 없는 것도 정도가 있지, 설화처럼 이렇게 다니면 천하 십대고수도 자다가 까무러칠 것이 분명했다.

하지만 뭐라 할 수 없는 것이, 설화의 행동은 세가의 시녀가 대부분 지킨다는 예의가 아니던가.

자리에 있지만, 없는 듯하라는 건 시녀가 지켜야 할 본분 중 하나였다.

광개는 설화를 물끄러미 바라봤다.

설화는 광개가 바라보고 있는 것은 모른 채, 목울대를 꿀렁이며 침을 삼키고 있었다.

광개는 고개를 갸웃했다.

침을 삼키는 설화의 모습이 뭔가 이상했던 것이다.

뭐, 자신의 요리를 보고 침을 삼키는 것은 당연했지만, 뭔가 그 모습이 낯설었다.

그런데 그게 무엇인지 광개는 찾을 수 없었다.

호기심이 머리 한쪽을 차지하니, 광개는 발을 구르며 그 원인을 찾으려 노력했다.

그때 청화도 소리 없이 나타났다.

묘하게 낯설다는 감정이 한층 더 깊어 갔다.

그때 누군가 광개의 옆구리를 찔렀다.

고개를 돌려 보니 악비광이다.

광개와 시선이 마주친 악비광은 열심히 손짓했다.

손짓을 보면 싸움을 묘사하는 것 같았다.

그러고는 손으로 뭔가를 감싸 쥐었다.

그것을 본 광개의 눈이 커졌다.

광개는 재빨리 설화에게 다가갔다.

"설화야."

"네, 거지 아저씨."

"아까 말이다. 청화하고 너하고 둘이서 죽어 가는 비둘기 때문에 우리 둘을 막아서지 않았느냐? 생명의 소중함이 어쩌고저쩌고하면서."

"네, 그랬죠."

그 말에 광개는 눈을 빛냈다.

반 시진 동안 설화에게 잔소리를 들었던 일이 떠오른 것이다.

이제는 복수할 수 있다고 확신했다.

한낱 시녀에게 당하고 살 광개가 아니었다.

자신에게 복수의 기회를 준 악비광이 고마웠다.

주먹을 말아 쥔 광개는 자신 있게 물었다.

"그런데 토끼도 같은 생명이거늘, 너는 지금 침을 삼키고 있지 않느냐? 뭔가 이상하다고 생각되지 않느냐?"

"그게 왜 이상해요?"

"허허, 같은 생명이 아니더냐?"

"거지 아저씨는 강호의 법도를 모르세요?"

"허허, 거기서 왜 강호의 법도가 나오느냐?"

"생각해 보세요. 생사결에서는 상대를 죽일 수 있지만, 비무에서는 안 그렇잖아요."

"그야 그렇지."

"지금 토끼는 대결로 치면 생사결이에요. 저 토끼를 안 먹으면 제가 죽거든요. 그리고……."

설화의 말에 광개는 입을 벌렸다.

그 논리에 한 치의 허점도 없었던 것이다.

광개는 자신도 모르게 한빈을 바라봤다. 아무리 생각해도 그에게 배운 것 같은 느낌이 들어서였다.

그때 설화가 목소리를 높였다.

"아저씨, 고기 타요."

"아, 알려 줘서 고맙다."

광개는 재빨리 토끼구이를 뒤집었다. 설화에게 당했는데도 이상하게 기분이 좋았다.

그러고 보니…….

광개의 입꼬리가 올라갔다. 설화가 처음으로 거지라는 호칭을 뺐기 때문이다.

설화가 자신의 마음을 부침개 뒤집듯 뒤집었다는 것은 느끼지 못한 채 광개는 연신 미소를 지었다.

잠시 후.

모두가 모이자 제법 그럴듯한 자리가 만들어졌다.

다만 사천당가의 무사들은 한쪽에 모여 앉았다.

광개의 토끼구이를 들고 군침을 흘리는 것은 똑같지만, 그들은 묘한 행동을 했다.

품속에서 각자의 양념 통을 꺼내 든 것이다.

툭. 툭.

그들은 양념 가루를 토끼구이 위에 뿌렸다.

당기명도 당독대도 그 밑의 수하들도 똑같은 행동을 했다.

그때 당기명의 옆에 한빈이 나타났다.

"그 양념 통 좀 빌려주시겠습니까?"

"네? 지금 양념 통이라고 하셨습니까?"

당기명은 튀어나올 듯한 눈으로 한빈을 바라봤다.

한빈은 아무렇지 않게 다시 손을 내밀었다.

"네, 맞습니다. 양념 통이라고 했습니다."

"이건 그냥 양념이 아닙니다. 알고 계십니까?"

당기명이 진지한 표정으로 묻자, 한빈이 작게 웃으며 답했다.

"잘 모르겠지만, 향긋한 냄새가 풍겨서 그러죠. 제가 보기에는 최고급 향료 같습니다."

"향료가 맞긴 맞지만, 이건 보통 향료가 아니라……."

당기명은 굳은 표정으로 말끝을 흐렸다.

그가 어쩔 줄 모르는 이유는 간단했다.

한빈의 부탁이 황당했던 것이다.

사천당가 무사들이 쓰는 양념 통에는 무엇이 들어 있을까?

바로 독분(毒粉)이 담겨 있었다.

이 독분은 조금 특별한데, 사천당가에서는 보통 독을 열 단계로 나눈다. 그중 일 단계는 보통 사람이 먹어도 해가 없다고 전해진다.

다만 일 단계 독분은 중독의 증상이 고열로 나타난다. 마치 고뿔에 든 것처럼 말이다.

이것은 독이 신체에 반응해서 생기는 현상이었다.

이 단계는 열에 더해 복통을 유발한다.

삼 단계부터는 독의 문외한이 복용할 시, 서서히 죽어 간다.

그렇게 해서 열 단계까지 있는 이 독분은 한 가지 성분이 아니라 여러 가지 성분이 섞여서 만들어졌다.

사천당가가 이 독분을 만든 이유는 무엇일까?

그 이유는 독에 면역된 신체를 만들기 위해서였다.

당기명이 지금 들고 있는 독분에는 사 단계의 독분이 들어 있었다.

웬만한 독으로는 중독되지 않는 단계에 이르렀기에 쓸 수 있는 독분이었다.

무사 중에는 일 단계의 독분을 넣어 다니는 자도 있었고, 이 단계의 독분을 들고 다니는 자도 있었다.

당독대만이 그들 중 유일하게 삼 단계의 독분을 넣고 다닌다.

독이라는 게 어찌 해가 없겠느냐만은, 음식을 먹을 때마다 이런 식으로 소량으로 넣는다면 나중에는 자연스럽게 적응을 하게 마련이었다.

어찌 보면 사천당가의 비법이지만, 다른 세가에서는 정보를 얻는다고 해도 따라 할 엄두를 못 내는 방법.

물론 중요한 것은, 독의 성분을 어떻게 적절히 조합하느냐? 그 성분을 한 번에 얼마나 복용하느냐? 등이 진짜 비법이었다.

또한 이 비법에서 가장 중요한 것은 천독이나 청화가 겪었던 탈모 현상을 방지할 수 있다는 점이었다.

그것이 사천당가가 자랑하는 독에 대한 면역 수련법.

그런데 독에 면역이 없는 자가 독분을 음식에 뿌려 먹는다면?

뒷일을 상상한 당기명은 자신도 모르게 눈을 크게 떴다.

그것도 잠시, 당기명은 자신이 들고 있는 독분과 한빈을 바라봤다.

당황한 당기명의 모습에 한빈이 말했다.

"그렇게 당황하지 않으셔도 됩니다."

"……."

"혹시 아까워서 그런 거라면 안 주셔도 되고요."

"미안하지만 이건 우리 가문의 수련법이 녹아 있는 물건입니다. 말하자면 비급과도 같은 물건입니다."

"허, 죄송합니다. 그렇다면 할 수 없지요."

"도움을 못 드려서 송구합니다, 팽 공자님."

당기명이 살짝 고개를 숙이자, 한빈이 손을 흔들었다.

"괜찮습니다."

말을 마친 한빈은 아무렇지 않게 자리로 돌아갔다.

당기명은 작게 한숨을 쉬었다.

"휴."

그의 한숨에는 많은 의미가 담겨 있었다.

사실 독분을 내어 주어 한빈을 시험하고 싶은 마음도 있었다.

하지만 지금 이 행렬에서 가장 중요한 것은 한빈이었다.

한빈이 탈이 난다면?

당기명은 어깨를 움츠렸다.

그때 당독대가 토끼구이를 든 채 다가왔다.

"무슨 일입니까?"

"팽 공자님이 독분을 달라더구나."

"네? 혹시 적이라도 나타났습니까?"

"그게 아니라 아무래도 토끼구이에 뿌려 드시려는 것 같다. 이게 독분인지도 모르는 것 같더구나. 흠."

"아, 뿌려 드신다고요? 그러니까 여기에……."

당독대는 슬쩍 말끝을 흐리며 자신이 든 토끼구이를 바라봤다.

그것도 잠시, 당독대는 슬쩍 입꼬리를 올렸다.

독분을 처음 맛봤던 때가 생각난 것이었다.

기쁨은 혼자만 간직하고 싶기 마련이지만, 고통은 나누고 싶은 것이 인지상정이었다.

당독대는 재빨리 어디론가 달려가더니 양념 통을 가져왔다.

양념 통 위에는 반(伴)이라는 글자가 써 있었다.

당독대는 양념 통을 보여 주며 말했다.

"이거라면 괜찮지 않겠습니까?"

당기명은 고개를 살짝 기울였다.

이것은 일 단계의 독분을 희석한 가루였다.

일 단계보다 더 약한 독분을 만든 이유는 간단했다.

독에 대해 선천적으로 약한 무인의 경우, 일 단계의 독분을 견디는 것도 버겁기 때문이다.

이 반 단계의 독분은 약간의 어지러움만 나타난다.

이거라면?

고민도 잠시 그는 고개를 흔들었다.

"안 된다. 팽 공자님이 탈이라도 나면 모든 게 허사다."

"흠, 그럼 이건 어떻습니까?"

"……."

"그러니까……."

당독대는 조심스럽게 자신의 계획을 밝혔다.

그의 계획은 간단했다.

한빈의 수하들에게만 시험해 보자는 것이었다.

적혈맹호대라 불리는 세 명, 즉 소대섭과 장삼 그리고 조호였다.

이렇게라도 해서 한빈의 수준을 간접적으로나마 시험해 보고 싶은 당독대였다.

당독대는 한빈의 수준이 가늠되지 않았다.

뭐, 정확히 말하면 수준이랄 것도 없었다. 당독대는 천수장주인 한빈에 대한 세간의 평을 믿지 않았다.

모든 것은 사람들의 착각에서 벌어진 것이라 생각하고 있었다.

그렇기에 한빈을 사천당가로 데려가는 것 자체가 쓸데없는 짓이라 믿고 있었다.

사실 그는 당기명에게 충언까지 몇 번 고한 적 있었다.

하지만 그 충언은 단칼에 잘렸다.

그 후에는 더는 당기명에게 조언하지 못했다.

만약 한빈이 천하제일의 의술을 가지고 있다면 그 수하들도 반 단계 독 정도는 견딜 수 있을 것이다.

천하제일의 의원이라면 약초와 독초를 직접 체험했을 것이다. 그것이 해독약을 만드는 지름길이니까.

화타도 그랬고 백 년 전 천하제일의라 불리는 만수신의도 마찬가지였다.

그들은 사람들을 구하기 위해 수많은 독초를 맛봤다고 한다.

만약 한빈의 수하들이 반 단계 정도의 독분을 견딘다면 당독대도 한빈을 인정할 것이었다.

당독대는 모이를 기다리는 제비처럼 당기명의 입술이 열리기를 기다렸다.

그때 당기명이 고개를 끄덕였다.

"네 뜻대로 해라."

당기명도 당독대와 사천당가 무사들이 한빈과 그 수하들에 대해 의심을 지우지 않고 있다는 것을 알고 있었다.

이 정도는 짚고 넘어가는 것도 나쁘지는 않다고 생각했다.

당독대가 반색하며 답했다.

"네. 알겠습니다, 공자님."

"단, 팽 공자나 그의 시녀들에게 해가 가지 않도록 주의하도록."

당기명은 유난히 시녀라는 단어에 힘을 주었다.

당독대가 고개를 갸웃했다.

"뭐, 시녀들이야 튼튼한 것 같은데요."

"저길 봐라. 저 아이는 언제 쓰러질지 모를 위태로운 모습이질 않느냐?"

당기명이 가리킨 것은 청화였다.

청화를 바라보는 당기명의 눈은 예사롭지 않았다.

그야말로 측은지심을 담고 있었다.

그가 보기에 청화는 왠지 모르게 안타까웠다.

이유는 알 수 없었다.

그저 묘하게 어미를 잃은 산짐승을 보는 것만 같았다.

당기명의 눈빛에는 아랑곳하지 않고 당독대는 반 단계짜리 독분이 든 양념 통을 가지고 소대섭이 있는 자리로 향했다.

그는 아무렇지 않게 소대섭의 옆에 앉았다.

털썩.

난데없는 기척에 소대섭이 힐끔 고개를 돌렸다.

당독대를 확인한 소대섭은 눈을 크게 떴다.

"수하들은 놔두고 여기는 어쩐 일이십니까?"

"소 대주님하고 한잔하고 싶어 왔습니다."

말을 마친 당독대는 술병과 술잔을 내려놨다.

소대섭은 내려놓은 술잔을 자연스럽게 잡았다.

졸졸졸.

마치 계곡에서 물이 떨어지듯, 술이 시원하게 잔을 채웠다.

둘은 기분 좋게 술잔을 들이켰다.

"캬, 좋습니다."

소대섭이 기분 좋게 웃으며 토끼구이를 베어 물려 하자, 당독대가 양념 통을 꺼내며 말했다.

"잠시만 기다리시죠. 이건 당가의 비법이 녹아 있는 향신료입니다. 이걸 뿌려 드시면 더욱 맛날 겁니다."

"오호, 이렇게까지 생각해 주시다니 감사합니다."

소대섭은 아무렇지 않게 토끼구이에 건네받은 양념을 뿌렸다.

툭. 툭.

기분 좋게 양념을 뿌린 소대섭은 한 입 베어 물더니 탄성을 터뜨렸다.

"와! 말씀하신 대로 맛이 한층 더 살아납니다."

"하하, 그렇지요. 다른 분께도……."

당독대가 말을 꺼내기도 전에 소대섭은 장삼과 조호를 불렀다.

"너희도 이걸 뿌려 봐라."

"네, 감사해요."

"고맙습니다, 대주."

장삼과 조호도 기분 좋게 뿌렸다.

그때였다.

누군가가 바람처럼 조호의 손에서 양념 통을 낚아챘다.

"너희만 좋은 걸 먹으면 어떡해?"

그 목소리에 모두가 뒤쪽을 바라봤다.

그곳에는 한빈이 웃으며 서 있었다.

그 모습에 조호는 뒷머리를 긁적였다.

"죄송해요, 주군. 좋은 게 있으면 항상 주군께 바치려고 했는데, 소대섭 대주가 주는 바람에 저도 모르게……."

조호는 소대섭에게 공을 넘겼다.

소대섭은 재빨리 손을 내저었다.

"이건 당독대 대주가 제게 준 겁니다."

소대섭이 당독대를 가리키자 한빈은 피식 웃었다.

"아까 당 공자는 안 주려고 하더니. 당독대 무사는 호위대를 이끌고 있는 만큼 아량이 넓군. 이건 잘 쓰겠네."

한빈은 양념 통을 흔들었다.

그 모습에 놀란 당독대가 자리에서 일어났다.

"팽 공자님, 그건……."

그는 말을 맺지 못했다.

한빈은 자리에서 사라졌다.

그러고는 여기저기를 누비며 반 단계짜리 독분을 사람들에게 나눠 주기 시작했다.

처음에 나눠 준 것은 원경과 그 일행이었다.

그러더니 악비광에게도 나눠 줬다.

반 단계짜리 독분 양념을 뿌린 고기를 베어 문 사람들은 연신 환호성을 토해 냈다.

"정말 맛있는데!"

"와, 이런 향신료가 있었어?"

"이런 좋은 걸 두고 사천당가 무사들은 자기들끼리만 꿀꺽하려 한 거야?"

"에이, 가문의 비기가 담긴 양념이라잖아."

"허, 혹시 집안에 황실의 숙수라도 모셔다 둔 거야?"

그때 광개가 한빈에게 다급하게 다가왔다.

"나도 좀 맛볼 수 있겠나? 친구."

"너는 또 왜?"

"흠, 왠지 자존심이 상해서……."

광개는 한빈이 든 양념 통을 바라봤다.

그의 말은 진심이었다. 다른 건 몰라도 토끼구이 하나만은 중원 최고라 자부하는 광개였다.

그런데 그 자존심에 실금이 간 것.

그도 그럴 것이 이 독분에 섞인 향신료는 독향을 없애기 위해 엄청난 정성이 들어가 있었다.

금가루를 뿌려 놨다고 해도 거짓말은 아니었다.

한빈은 광개가 들고 있는 고기에도 양념을 듬뿍 뿌려 줬다.

툭. 툭.

광개에게 양념을 털어 낸 한빈은 고개를 갸웃했다.

"어라? 다 떨어졌네. 나도 못 뿌렸는데……."

"미안하네, 친구."

광개는 자신의 토끼구이를 빼앗기기 싫은지 재빨리 한빈에게서 떨어졌다.

당독대는 갑작스러운 이 상황에 석상이 되어 버렸다.

한빈의 수하만 시험하려 했는데 악비광과 광개에게까지 독분을 다 털어 버린 것이다.

그때 한빈이 당독대의 앞에 나타나 빈 통을 건넸다.

"양념 잘 썼습니다."

"아, 네."

당독대는 황당했지만, 할 수 없다는 듯 몸을 돌렸다.

한 가지 다행인 것은 당기명의 말대로 한빈과 시녀에게는 반 단계짜리 독분을 쓰지 않았다는 점이었다.

물론 비난은 피할 수 없을 것이다.

반 단계짜리 독분이지만, 이후 미칠 파장은 상상도 되지 않았다.

당독대는 고개를 푹 숙인 채 동료가 있는 곳을 향해 걸어

갔다.

그때였다.

고개 숙인 당독대의 앞에 싸늘한 기운이 느껴졌다.

놀란 당독대는 재빨리 고개를 들었다.

"앗, 공자님."

"지금 이게 뭐 하는 짓인가?"

"저도 어쩔 수 없었습니다. 제가 말릴 틈도 없이……."

당독대의 말이 끝나기도 전에 당기명이 검지로 어딘가를 가리켰다.

"그게 아니라, 저건 뭐냐는 말이야."

"그게 무슨 말씀인지……."

당독대는 당기명이 가리키는 곳을 바라봤다.

한빈이 양념 통을 들고 있었다.

당독대는 이해가 되지 않았다.

분명 자신의 손에 아까 한빈에게 건네받은 빈 통이 있었다.

그런데 지금 한빈이 들고 있는 저 양념 통은 무엇이란 말인가?

당독대가 당황한 채 한빈을 바라보고 있을 때, 한빈 곁으로 설화와 청화가 다가왔다.

"다 떨어졌다고 하셨잖아요. 그건 어디서 나신 거예요? 저도 뿌려 주세요."

"저도요."

청화도 꼬치를 내밀었다.

그들의 대화에 당독대는 급하게 자신의 품을 뒤졌다. 당독대의 얼굴은 마치 중독된 것처럼 새파랗게 변했다.

품속에 있어야 할 삼 단계짜리 독분이 사라진 것이다.

심상치 않음을 느낀 당독대가 재빨리 말했다.

"아무래도 제가 품에 넣어 둔 통을 떨어뜨린 것 같습니다!"

"뭐라고? 네가 가지고 있는 통이라면, 삼 단계가 아니더냐?"

"네, 그렇습니다."

"그럼 여기서 뭐 해? 빨리 가서 저들을 말려야지. 아니다, 내가 가겠다."

당기명의 얼굴도 파래졌다.

발끝에 진기를 모은 당기명의 몸이 화살처럼 튀어 나갔다.

팡.

갑자기 파공성을 일으키며 달려오는 당기명의 모습에 모두의 시선이 모였다.

당기명의 움직임을 바라보는 모두의 고개가 서서히 돌아갔다.

그들의 고개가 멈춘 곳은 한빈과 시녀들이 있는 자리였다.

한빈은 꼬치를 한 입 베어 문 채 황당하다는 듯 당기명을 바라보고 있었다.

한빈이 물었다.

"지금 뭐 하십니까?"

"그게 아니라……."

당기명은 말끝을 흐리며 한빈의 안색을 살폈다.

뭔가 이상했다.

삼 단계짜리 독분이라면 아무리 독에 대해 박식한 의원이라도 반응이 있어야 한다.

그런데 한빈은 아무렇지도 않은 것이다.

그때 옆에서 다른 목소리가 들렸다.

"공자님, 이거 정말 맛있는데요."

당기명은 힐끔 고개를 돌렸다.

그곳에는 설화가 꼬치를 들고 해맑게 웃고 있었다.

당기명은 자신도 모르게 헛숨을 토했다.

"헉."

"왜 그러십니까? 당 공자."

"그, 그게 아니라……."

당기명은 말을 맺지 못했다. 청화의 꼬치도 휑한 것을 발견한 것이다.

항상 이상하게 마음이 가던 청화가 삼 단계짜리 독분을 섭취해 버리다니.

당기명은 재빨리 자리를 떠났다.

해독약을 가지고 오기 위해서였다.

독분을 섭취하다가 어떤 일이 벌어질지 모르니, 먼 길을 떠날 때는 항상 해독제를 가지고 다녔다.

당기명의 이마에는 땀방울이 흘러내렸다.

얼마나 땀이 나는지 땀방울은 그의 뺨에서 턱으로 연신 시냇물처럼 흘러내렸다.

뚝. 뚝.

그때 여기저기서 환호성이 들려왔다.

"와! 진짜 맛있습니다, 광개 님."

"거기에 양념도 최고네. 사천당가에 이런 기술이 있을 줄이야."

"자네 말이 맞아. 암기와 독만 최고가 아니라 요리도 최고네."

그들의 말에 조호가 술병을 들고 일어났다.

"여러분, 흥분하지 마십시오. 어찌 보면 당연한 일입니다."

"당연하다니?"

장삼이 고개를 갸웃했다.

"사천이 달리 요리로 유명한 게 아니지 않아요?"

"오호, 그래 그건 조호 네 말이 맞다."

장삼이 손뼉을 쳤다.

그때 소대섭이 일어나 한빈에게 포권하며 외쳤다.

"이런 요리를 맛보게 해 주신 주군과 광개 님, 그리고 당 공자님께 감사드립니다!"

동시에 모두가 손뼉을 쳤다.

다급히 해독약을 찾는 당기명의 마음과는 반대로 이들의 분위기는 한껏 달아올랐다.

뒤를 이어 새로 들어온 원경도 자리에서 일어났다.

"새로 들어온 저희에게도 이런 친절을 베풀어 주신 주군께 감사드립니다."

말을 마친 원경은 한빈을 향해 포권했다.

그의 마음은 진심이었다.

기존의 적혈맹호대만 맛보라고 당독대가 갖다준 향신료였다.

그런데 주군인 한빈이 모두에게 공평하게 나눠 준 것이다.

원경에 이어서 새로 들어온 무리 중 한 명이 외쳤다.

"친절을 베풀어 주신 주군을 위하여!"

그가 술잔을 높이 치켜들자, 모두가 똑같이 잔을 들었다.

"위하여!"

그때였다.

새로 들어온 무리 중 하나가 고개를 갸웃했다.

"근데 왜 이렇게 어지럽지?"

"그러게 말이야. 나도 어지러운데…….."

맞장구치던 원경이 자리에 털썩 주저앉았다.

멀리서 그 모습을 지켜보던 당기명의 손은 더욱 빨라졌다.

해독약을 둔 곳이 생각이 안 났던 것이다.

당기명은 짐을 다 풀어헤치고 해독약을 찾았다.

그때였다.

어지러움을 호소하는 이들이 하나둘 늘어났다.

당기명은 입술을 깨물었다.

일이 이렇게까지 묘하게 꼬일 줄은 몰랐다.

반 단계짜리 독분을 먹은 저들도 저런데, 한빈과 시녀 둘은 조금만 늦는다면 돌이킬 수 없을지도 몰랐다.

그때였다.

한빈이 있는 쪽에서 다시 목소리가 들렸다.

"공자님, 더 뿌려 주세요."

그것은 청화의 목소리였다.

순간 당기명은 자신이 한빈이 들고 있는 삼 단계짜리 양념통을 그대로 두고 해약을 찾기 위해 달려온 것을 깨달았다.

당황한 당기명과는 다르게, 한빈은 사람 좋은 얼굴로 청화를 바라봤다.

"흠, 그러다 배탈 나는 거 아니야?"

"괜찮아요."

"그럼 조금만 더 먹거라."

툭툭.

한빈이 꼬치에 독분이 가득 쌓이도록 뿌렸다.

"맛있어요."

"그래, 이번 것만 먹는 거야. 더 먹으면 배탈 난다."

한빈이 고개를 내젓자 이번에는 설화가 손을 내밀었다.

"저도요."

"그래, 설화 너도 여기까지다."

말을 마친 한빈은 남은 독분을 자신의 술병에 털어 넣었다.

그 모습에 설화가 외쳤다.

"공자님! 욕심이 많아요."

"미안하다. 나누는 건 여기까지다."

말을 마친 한빈은 술을 들이켰다.

목울대가 쉬지 않고 시원하게 꿀렁였다.

숨도 쉬지 않고 술을 들이켜던 한빈이 탄성을 질렀다.

"좋구나, 좋아!"

"아, 너무하세요."

청화가 투정을 부리자 한빈이 손을 내저었다.

"걱정하지 말아라. 내가 당 공자에게 또 얻어 오마."

"정말요?"

청화가 눈을 빛내자 한빈은 말없이 고개를 끄덕였다.

말없이 미소 짓던 한빈은 조용히 허공을 올려다봤다.

[독에 대한 이해도가 높아졌습니다. 만독지체에 한 걸음 다가섰습니다.]

[독(毒) : 삼십사(三十四)]

이번 일로 독의 구결이 삼십사 개로 늘어났다.

한빈은 텅 빈 양념 통을 바라봤다.

아무래도 사천당가에 가면 이 양념을 많이 얻어야 할 것 같았다.

한빈은 조용히 주변을 둘러봤다.

한빈의 예상대로 소대섭과 장삼 그리고 조호는 아무 일도 없었다.

다만, 새로 들어온 원경 일행은 머리를 감싸 쥐고 있었다.

소대섭 일행은 천독과의 대결에서 어느 정도 독에 대한 내성을 기를 수 있었다.

그들뿐 아니라 이 자리에 없는 적혈맹호대도 이 단계의 독분 정도는 소화할 수 있을 것이다.

한마디로 사천당가의 일반 무사들보다는 독에 대한 면역이 뛰어나다는 것.

한빈이 사천당가의 독분에 대해서 잘 알고 있는 것은 당연했다.

전생에 귀검대를 운영했을 때 독을 가르치기 위해 특별 교관을 부른 적이 있다. 그때 온 교관이 사천당가의 사람이었다.

평상시라면 독에 대한 비밀을 털어놓지 않았겠지만, 그때는 마교와의 전쟁이 한창이었다.

그런 이유로 사천당가에서 온 교관은 가문의 교육 방법을 아낌없이 털어놓았다.

그래서 한빈은 저들에게 적응할 수 있을 만큼의 독을 제공

했다.

천독과의 대결 당시 마음껏 독기를 호흡했던 설화는 아마도 사 단계 정도의 독을 흡수할 수 있을 것이었다

그렇다면 청화는?

공독지체 앞에서 독을 논한다는 것은 어불성설이었다.

십 단계가 아니라 그보다 더 높은 단계의 독이 있다고 해도 맛있게 흡수할 수 있는 것이 공독지체니 말이다.

그때였다.

한빈의 눈앞에 당기명이 나타났다.

식은땀을 흘리는 걸 보니, 아무래도 많이 아픈 것 같았다.

"어디 불편하십니까? 당 공자님."

"그 통을 제게 주시죠, 팽 공자님."

"여기 있습니다. 그런데 안색이 많이 안 좋아 보이십니다."

"저는 괜찮습니다. 이 통에 든 양념은 대체 어디로……."

통을 흔들어 본 당기명의 눈빛이 흔들렸다.

한빈은 아무렇지 않게 입을 열었다.

"나머지는 제가 다 먹었습니다."

"헉, 괜찮으십니까?"

"괜찮지 않으면 제가 이러고 있겠습니까?"

"지, 진짜 괜찮으십니까?"

당기명의 목소리는 살짝 떨렸다.

조금 떨어져 있던 악비광이 소리쳤다.

"독이다! 모두 호흡을 멈춰라!"

악비광의 외침에 순간 정적이 찾아왔다.

당기명은 움찔했지만, 한빈은 아무 표정의 변화가 없었다.

"우리 악 아우가 한 박자 늦습니다."

"그게 무슨 말씀인지요?"

"뭐, 그렇다는 말입니다."

"흠."

"사람을 살리는 일이라는 게 그렇습니다. 좋은 것도 찾아야 하지만 때로는 몸에 해로운 것도 먹어 봐야 하는 것이지요. 그래야 사람을 살릴 수 있으니까요. 그러다 보면 해로운 음식에도 면역이 생기더라고요."

"아."

당기명은 탄성을 흘렸다.

한빈이 독분에 대해 알고 있었다는 것을 깨달은 것이다.

하지만 한빈이 만독지체를 완성하기 위해 독을 필요로 하고 있는지는 꿈에도 알 수 없었다.

단지, 의원으로서의 사명감이라 생각했을 뿐이다.

그때 여기저기서 끙끙대는 소리가 더욱 커졌다.

그 소리에 당기명은 어쩔 줄을 몰랐다.

아직 해독약을 찾지 못한 것이다.

순간 한빈이 씩 웃으며 말했다.

"다 저러면서 크는 겁니다. 이게 모두 강호에서 살아남을 수 있는 재산이 되는 거고요."

"……."

당기명은 아무런 답도 할 수 없었다.

이건 친절이 아니라 악랄이었다.

수하들이 고통에 몸부림치는데도 그걸 수련으로 바라보다니 말이다.

사천당가도 저 정도로 몸부림치면 해약을 주는 것이 관례였다.

반나절이 지나서야 독분이 만들어 낸 아수라장은 잠잠해졌다.

자신의 삼 단계짜리 통을 되찾은 당독대는 멀리서 한빈을 바라보고 있었다.

그의 눈빛은 존경심으로 가득 차 있었다.

삼 단계짜리 독분을 섭취하기까지 얼마나 많은 수행을 했던가?

삼 단계를 먹고 아무렇지도 않은 것을 보면 수많은 독초를 직접 맛봤던 것이 분명했다.

그 정도로 연구에 몰두하는 의원이라면 분명 믿을 수 있었다.

희열에 차서 주먹을 꽉 쥐고 있을 때, 당독대의 수하가 조용히 속삭였다.

"대주님의 독분이 잘못된 게 아닐까요?"

"그게 무슨 말이냐?"

"아무리 천하제일 의원이라고는 하지만 삼 단계짜리 독분을 먹고 멀쩡할 리 없지 않습니까? 한발 양보해서 의원은 이해합니다. 그런데 시녀들도 멀쩡하다는 건 이상하지 않습니까?"

"이게 잘못되었다는 이야기더냐?"

당독대는 수하에게 빈 통을 내밀었다.

수하는 통을 바라보더니 씩 웃었다.

"제가 증명해 보겠습니다."

"어떻게 증명하겠느냐?"

"이리 줘 보십시오."

수하는 조심스럽게 빈 통의 뚜껑을 열었다.

"뭐 하는 것이냐?"

"아직 독분이 조금 남아 있습니다."

말을 마친 수하는 손가락으로 통 안쪽을 쓱 문질렀다.

손가락에는 제법 많은 양의 독분이 묻어 나왔다.

수하는 미소를 띤 채 손가락을 입 속으로 쑥 넣었다.

손가락에 다시 나왔을 때는 독분은 사라져 있었다.

당독대는 고개를 끄덕였다.

수하의 말에도 일리가 있었다.

삼 단계를 섭취할 수 있는 의원이라면 화타의 환생이라고 해도 과언이 아니니, 통이 바뀌었을 가능성이 높았다.

일 단계나 삼 단계나 맛은 다 똑같았으니 말이다.

팔짱을 끼고 수하를 지켜보던 당독대의 눈이 커졌다.

수하가 입에서 거품을 물기 시작했기 때문이다.

털썩.

수하는 비명도 지르지 못하고 그 자리에서 쓰러졌다.

당독대가 외쳤다.

"큰일 났습니다, 공자님! 여기……."

말이 끝나기도 전에 그의 앞에 신형이 나타났다.

당독대는 당연히 그가 당기명이리라 생각하고 말을 이었다.

"당 공자님, 이놈이 글쎄……."

당독대는 말을 잇지 못했다. 예상과는 달리 당기명이 아닌 한빈이 앞에 서 있었기 때문이다.

한빈이 물었다.

"제가 한번 봐도 되겠습니까?"

"……."

당독대는 말없이 고개를 끄덕였다.

한빈이 사람 좋은 얼굴로 쓰러져 있는 무사의 완맥을 잡았다.

하북팽가의 숨겨진 힘

같은 시각, 사천으로 향하는 하북팽가의 행렬.

하북팽가의 행렬을 책임지고 있는 것은 팽혁빈이었다.

팽혁빈은 장하의 나루터를 바라보며 난감한 표정을 짓고 있었다.

팽혁빈이 이렇게 난감한 표정을 짓는 이유는 하나였다.

장하를 건널 배편이 끊겼기 때문이었다.

사람이 탈 작은 배는 남아돌았지만, 수레를 실을 수 있는 큰 배는 일주일 뒤에야 들어온다고 한다.

"흠, 어쩐다. 일주일이라……."

그는 팔짱을 끼고 강 너머를 바라봤다.

하지만 뾰족한 수는 없었다.

여기서 배를 만들어 갈 수도 없고 떠난 배를 돌아오게 만들 능력도 없었다.

팽혁빈은 자신이 왔던 길을 바라봤다.

나루터에서 가장 가까운 마을의 거리는 한나절.

대부분 가까운 마을에서 숙식을 해결하고 이곳 나루터에 들른다.

마을로 돌아가기가 여의치 않은 사람은 할 수 없이 이곳의 객잔을 이용한다.

이곳 상인들은 그 사람들의 마음을 이용한다.

할 수 없이 하루 이틀 정도 묵고 가는 객잔은 조금 비싸고 불결해도 그냥 사용한다.

팽혁빈이 마을로 돌아가야 하나, 이곳의 객잔 중 한 곳을 이용해야 하나를 고민하고 있을 때였다.

누군가 그의 곁을 어슬렁거리며 슬슬 감시하는 듯 힐끔힐끔 쳐다보고 있었다.

팽혁빈은 주변을 맴도는 그가 어지간히 신경 쓰이는 것이 아니었다.

잡아서 왜 자신의 주변을 어슬렁거리냐고 따질 수도 없는 것이, 상대는 무공을 모르는 일반 백성이었다.

그때였다.

어슬렁거리던 자가 팽혁빈의 곁으로 점점 다가왔다.

그러지 않아도 신경이 곤두서 있던 팽혁빈은 재빨리 고개를 돌렸다.

눈이 마주친 자는 복장이 정갈했으며 머리에 띠를 질끈 묶은 것으로 보아, 어딘가의 점소이가 분명했다.

팽혁빈은 그제야 안심했다.

상대가 호객을 위해 접근했다고 생각했기 때문이다.

팽혁빈은 점소이를 무시하고 일행이 있는 곳으로 돌아가려 했다.

그때 점소이가 조심스럽게 다가왔다.

그가 말을 꺼내기도 전에 팽혁빈이 말했다.

"나는 마을로 돌아갔다 올 것이니 괜한 헛수고하지 말게."

"나으리, 왜 먼 길을 가십니까? 그냥 제가 준비한 처소에 묵고 가시죠."

"됐다고 해도 그러는군. 우릴 강호 초출로 보고 바가지를 씌우려는 것이면 일찌감치 포기하게."

"아닙니다, 하북팽가의 대공자님 아니십니까?"

"허, 자네가 그걸 어떻게 아는가?"

"저기 깃발이 있지 않습니까?"

점소이는 손가락으로 뒤쪽을 가리켰다. 그곳에는 하북팽가의 깃발이 마차에 꽂혀 있었다.

팽혁빈은 수긍한다는 듯 고개를 끄덕였다.

그것도 잠시, 팽혁빈은 그리 만만치 않았다.

그는 의심 가득한 눈으로 점소이를 바라봤다.

"하북팽가라는 것은 쉽게 알 수 있겠지. 하지만 내가 하북팽가의 대공자라는 것은 어떻게 알았을까? 자네의 정체가 뭔가?"

"……."

"혹시 하오문에서 왔는가?"

"……."

점소이가 말없이 뒤로 물러났다.

질문에 답할 말이 없어서가 아니라 팽혁빈의 눈빛이 너무 무서워서였다.

팽혁빈이 한 발 다가서며 다시 물었다.

"그도 아니면 사파에서 우리를 감시하라 보냈던가?"

팽혁빈이 마지막 질문을 던졌을 때, 점소이는 나루터의 끝까지 몰린 상태였다.

다급한 점소이가 소리를 질렀다.

"잠시만요, 나으리! 진정하시고요. 하북팽가에서 온 분들은 왜 다들 이렇게 성미가 급하십니까?"

"흠."

팽혁빈은 그제야 주변을 둘러봤다.

나루터에 있는 사람들이 모두 자신을 바라보고 있었다.

팽혁빈이 진정하자 점소이가 뒷머리를 긁적이며 답했다.

"그게 아니라, 저분들이 여기 책임자가 있으니 직접 물어보라 해서 온 것입니다요."

점소이는 힐끔 돌아보더니 하북팽가에서 온 일행이 있는 곳을 가리켰다.

그곳에는 팽혁빈의 수하 중 몇몇이 고개를 끄덕이고 있었다.

팽혁빈은 쓴웃음을 지었다.

오해를 해도 단단히 한 것이었다.

표정을 수습한 팽혁빈이 다시 말을 이었다.

"우린 됐네. 그러니 헛수고 말게."

"그게 아니라 벌써 선금을 받았습니다."

"……."

팽혁빈은 말없이 점소이를 바라봤다.

점소이는 잽싸게 설명을 이었다.

"그러니까……."

그의 설명에 팽혁빈의 눈이 커졌다. 선금을 낸 이는 다름 아닌 자신의 동생 한빈이었던 것이다.

자신에게 일을 다 몰아준 뒤 쥐도 새도 모르게 튄 한빈을 조금은 원망하고 있던 팽혁빈이었다.

그런데 한빈이 선금을 냈다니?

팽혁빈은 황당하기 그지없었다.

점소이의 설명을 다 듣고 난 팽혁빈이 가장 먼저 한 일은 주변을 둘러보는 것이었다.

팽혁빈이 두리번거리자 점소이가 말했다.

"왜 그러십니까? 나으리."

"근처에 동생이 있는 게 아닌가 해서 그런다네."

"에이, 막내 공자님은 벌써 장하를 건넌 지 한참 됐습니다. 사천당가의 무사님들과 같이 가셨으니 걱정하지 않으셔도 됩니다."

"사천당가와 같이 떠났다고?"

"앗, 죄송합니다. 이건 말하지 말라고 한 건데……."

점소이는 잽싸게 한쪽 손으로는 자신의 입을 막고 남은 한 손을 휘휘 내저었다.

그 모습에 팽혁빈이 눈매를 좁혔다.

지금 사천당가의 행렬에 대해 떠도는 소문은 팽혁빈도 알고 있었다.

바로 천하제일의 명의를 데리고 사천당가로 돌아가고 있다는 소문이었다.

천하제일 명의라?

그것이 과연 누굴까?

한빈은 왜 그 행렬에 합류한 것일까?

만약 사천당가가 데려간 의원이 한빈이라면?

팽혁빈은 요즘 들어 한빈의 달라진 점을 떠올려 봤다.

팽혁빈이 보기에 동생은 지략과 무공에는 후한 점수를 줄 수 있었지만, 의술에 대해서는 문외한이었다.

사실 지략과 무공에도 의문이 많았다.

한빈과 떨어져 지낸 것이 그리 오래되지는 않았다.

뭐, 몇 년이란 시간이 길다면 길 수 있지만, 그런 상승 무공을 익히기에는 불가능한 시간이었다.

거기에 지략까지?

팽혁빈은 이 모든 것을 한빈이 지금껏 숨기고 있었다고 생각했다.

하지만 의술은 다르다.

의술은 혼자 배울 수 있는 분야가 아니기 때문이다.

책을 보고 상상만으로 침을 놓을 수도 없는 일이고, 책을 보고 의술을 펼친다고 해도 체질마다 적용 방법이 달라서 사람을 상대하지 않고는 실력을 늘릴 수도 없는 분야가 바로 의술이었다.

그런데 왜 사천당가와 함께 있을까?

팽혁빈의 머릿속에는 의문이 한겨울의 폭설처럼 쌓이기 시작했다.

한빈만 생각하면 지금처럼 세상이 도는 것같이 어지러워졌다.

그때 다급한 점소이의 목소리가 들렸다.

"여기서 이럴 것이 아니라 일단 저희 다루부터 들르시지요."

"흠, 그러지."

팽혁빈은 고개를 끄덕였다.

점소이는 고개를 살짝 숙인 뒤 안내를 시작했다.

물론 그 점소이는 한빈을 접대했던 점소이였다.

사실 점소이는 팽혁빈이 불편하기 그지없었다.

한빈과 그 일행도 만만치는 않았다.

뭐, 한빈이 까칠했던 것은 아니었지만, 설화와 청화에게 들들 볶였으니까.

하지만 한빈이 떠나면서 던져 준 수고비에 그 당시의 피로는 눈 녹듯 사라졌다.

불편하면서도 고마운 존재가 바로 한빈이었다.

그런데 그 형이라는 사람이 온 것이었다.

그가 올 것이라는 것은 다루의 루주로부터 이미 들은 뒤였다.

루주는 한빈과 마찬가지로 팽혁빈 역시 귀빈으로 모시라고 했다.

한빈이 선불을 주고 갔다는 것도 루주가 당부했던 말이었다.

잠시 후.

다루에 들어선 팽혁빈은 고개를 갸웃했다.

처음 본 점소이도 이상했지만, 나머지 사람도 자신에게 너무 공손했기 때문이다.

팽혁빈이 아는 한, 이곳 장하 나루터에서는 볼 수 없는 행동이었다.

곧 차가 나오자, 팽혁빈은 다시 놀라야 했다.

요즘 구하기 힘들다는 북방의 화봉차가 나왔기 때문이다.

대체 얼마를 선금으로 줬기에?

팽혁빈의 머릿속에는 의문 하나가 쌓였다.

더욱 이해가 안 되는 건 자신의 수하들에게까지 화봉차를 돌렸다는 것이다.

하지만 앞에 앉은 팽대위는 아무 의심 없이 차를 들이켜고 있다.

"좋구나, 좋아."

"숙부님, 이렇게 비싼 차를 내온다니 이상하지 않습니까?"

"옛말에 공짜라면 구정물도 마신다는 말도 있지 않느냐? 호의는 의심하지 말자꾸나."

"숙부님, 세상에 공짜는 없다고 하시면서 왜 이건 의심하지 않습니까?"

"한빈이가 준비했다고 하지 않았느냐?"

"우리가 여기로 올 것을 어떻게 알겠습니까?"

"너 같으면 이 길을 놔두고 다른 길로 가겠느냐?"

"흠."

"뭐, 그놈이 조금 별난 구석이 있긴 하지. 나도 그놈의 깊

이를 모를 때가 있으니 그러려니 하자꾸나."

"네, 알겠습니다."

팽혁빈이 할 수 없다는 듯 고개를 끄덕일 때였다.

점소이가 조심스럽게 접시를 들고 왔다.

그는 접시를 여기저기에 두기 시작했다.

탁. 탁.

이어 팽혁빈의 탁자에 가장 큰 접시를 올려놨다.

탁.

접시를 본 팽혁빈이 고개를 갸웃했다.

접시에는 당과와 찹쌀떡이 한가득 담겨 있었기 때문이다.

점소이는 팽혁빈의 표정에는 아랑곳하지 않고 활짝 웃었다.

"맛있게 드십시오. 근처에 맛있다고 소문난 가게에서 당과와 찹쌀떡은 싹 쓸어 왔습니다요."

"허, 대체 이건……."

"제 성의이니, 부담 갖지 말고 드십시오."

바닥에 머리가 닿을 정도로 고개를 숙인 점소이는 재빨리 자리로 돌아갔다.

팽혁빈과 팽대위는 탁자 위에 산더미처럼 놓인 당과와 찹쌀떡을 보고 고개를 갸웃했다.

한참을 보던 팽혁빈은 할 수 없다는 듯 당과를 집어 들었다.

점소이의 성의를 계속 무시하기도 뭐했던 것이다.

그때 주방 쪽에서 그들을 바라보던 점소이가 옆에 있는 동료에게 말했다.

"거봐요, 드시잖아요. 미리 준비하길 잘했죠?"

"그건 그렇군."

물론 이것은 점소이의 오해였다.

과거, 설화와 청화가 점소이를 닦달하는 바람에 귀에 못이 박힌 것이었다.

그 당시에 한빈이나 다른 이들이 할 수 없이 하나 먹었던 것을 보고, 하북팽가 사람들이 모두 당과와 찹쌀떡을 좋아한다고 생각하는 심각한 오류를 범했던 것이다.

꽃

이틀 뒤 사천당가의 행렬.

한빈이 지나갈 때면 사천당가 무사들의 눈빛이 심상치 않게 변했다.

여기에는 이유가 있었다.

한빈이 삼 단계 독분을 먹고 쓰러졌던 사천당가의 무사를 구했기 때문이다.

"감사합니다, 장주님."

"식사는 하셨습니까? 장주님."

"기침하셨습니까? 장주님."

그들은 공자가 아닌 장주로 한빈을 부르고 있었다.

당기명과 당독대만이 이전에 불렀던 호칭을 사용하고 있었다.

하북팽가의 막내 공자라는 신분은 그들에게는 상관없었다.

천수장주이자 천하제일 의원인 한빈만이 그들의 시야에 있었다.

뭐 한빈도 그들에게 뭐라 하지는 않았다.

잘해 준다는데, 마다할 한빈이 아니었기 때문이다.

앞서가던 사천당가의 당기명이 외쳤다.

"모두 멈춰라! 이곳에서 쉰다."

행렬이 멈추자 한빈이 마차에서 내렸다.

마차에서 내린 한빈은 설화를 바라봤다.

그러고는 마차의 지붕을 보며 말했다.

"설화야, 비둘기 좀."

"네, 공자님."

설화는 부드럽게 지붕 위로 올라 새장 하나를 가져왔다.

설화의 경공술에 옆에서 지켜보던 사천당가의 무사들이 혀를 내두른다.

"와, 저게 귀신이야? 사람이야?"

"그러게 말입니다."

하지만 당기명이 놀란 것은 한빈과 설화의 소통이었다.

어떤 비둘기라 말하지 않았는데도 설화는 기가 막히게 알아들었으니.

뭐, 손가락 한 번 튕기는 걸로 모든 지시가 가능한 것은 말도 안 되고 말이다.

옆에서 지켜보던 당기명이 입을 벌리고 있을 때, 설화는 아무렇지 않게 한빈에게 새장을 가져갔다.

설화가 가져온 새장에는 며칠 전 적이 전서를 날리는 데 사용했던 비둘기가 있었다.

한빈은 비둘기의 다리에 전서 통을 묶었다.

그러고는 바로 날려 버렸다.

순간 당기명이 다급하게 달려왔다.

"팽 공자님."

"왜 그렇게 놀라십니까?"

"대체 왜 그 비둘기를 날리신겁니까?"

"적은 비둘기가 안 오면 더욱 경계할 겁니다."

"전서에는 다음 단계를 준비하란 명령이 있지 않았습니까?"

"비둘기가 저거 하나뿐일까요?"

"그렇지만……."

"제가 전서에 양념 좀 쳐 놨습니다."

"예? 대체 전서에 무슨 술수를 쓰신 겁니까?"

"그건……. 비밀입니다."

한빈은 씩 웃으며 창공을 나는 비둘기를 바라봤다.

당시 죽어 가는 비둘기를 살려 놨으니, 이제 놈이 은혜를 갚을 때가 되었다고 생각했다.

일주일 뒤 장하 나루터의 다루 옆 객잔.

팽혁빈 일행은 전에 한빈이 묵었던 객잔에서 며칠을 보냈다.

오늘은 기다리던 배가 들어오는 날이었다.

그들은 아침 식사를 하기 위해 일 층으로 내려와 있었다.

팽혁빈이 미간을 좁히며 팽대위를 바라봤다.

"숙부님."

"왜 그러느냐?"

"숙부님은 괜찮으십니까? 전 입에서 단내가 가시지를 않습니다."

"허허. 네 말대로 나도 단내를 없애기 위해 아침에 운기조식부터 했지. 일주일이나 당과와 찹쌀떡에 시달렸더니 나도 정신이 없구나."

"그럼 제가 기분 상하지 않게 말해야겠습니다. 오늘만이라도 참아 달라고 말입니다."

그때였다.

객잔의 일꾼들이 식사를 내오기 시작했다.

그런데 이상한 점이 있었다.

빈 탁자에도 음식을 놓기 시작했다.

이상한 일이었다.

팽혁빈이 점소이를 불렀다.

"내 물어볼 것이 있네."

"왜 그러십니까?"

"혹시 더 올 손님이라도 있나?"

"아, 저 탁자에 음식 말씀하시는 거라면, 미리 준비해 놓는 겁니다. 전에도 갑자기 들이닥쳐서 얼마나 고생했던지……."

점소이는 무슨 생각을 하는지 뒷머리를 긁적이며 문밖을 바라봤다.

그 모습에 팽혁빈이 물었다.

"누가 오는지 말해 줄 수 있겠나?"

"전에 막내 공자님도 객잔을 떠나는 날 아침에 손님을 몰고 오시더라고요. 무림세가분들하고 개방분들까지……. 제 생각에는 분명히 오실 겁니다."

"허허, 나는 그럴 일이 없네. 잘못하면 저 음식만 다 버리게 될 것이야. 자네처럼 생각하는 건 누구나 범하기 쉬운 오류일세. 그리고 보니 당과와 찹쌀떡도 그래서 내왔던 거였군."

팽혁빈이 점소이를 보며 고개를 흔들 때였다.

객잔의 문이 열렸다.

덜컹.

문이 열리고 객잔 안으로 등에 거대한 검을 메고 있는 무인이 천천히 걸어왔다.

팽혁빈은 살짝 긴장한 채 슬쩍 자신의 칼집을 끌어당겼다.

그때였다.

그 무인이 호탕하게 웃으며 팽혁빈 쪽을 바라봤다.

"하하, 다들 여기 있었군. 팽대위 자네! 오랜만이네."

팽혁빈이 고개를 갸웃할 때, 팽대위가 자리에서 일어났다.

"여긴 어쩐 일이십니까? 황보 가주님."

팽대위가 포권했다.

상대는 다름 아닌 황보세가의 가주 황보만청이었다.

황보만청도 포권하며 말을 이었다.

"자네가 여기 온 이유랑 같지. 무슨 이유가 있겠나?"

"무가지회에 직접 참석하시려고요?"

"중대한 사안인데 직접 가는 것이 맞지."

"그래도 이렇게 때맞춰 오신 게 공교롭습니다."

"우연히 마주친 게 아니라 내가 자넬 찾아온 거네. 무가지회보다 더 중대한 사안이 있다네."

"저를 찾아왔다뇨? 그게 무슨 말씀입니까?"

"일단 자리 좀 옮기세."

황보만청이 구석의 빈자리를 가리켰다.

그곳은 점소이가 음식을 둔 쪽이었다.

그들이 구석 자리로 가자, 점소이가 팽혁빈을 바라봤다.

"제 말 맞죠?"

"우연이겠지."

팽혁빈은 고개를 흔들었다.

황당해하는 팽혁빈은 신경 쓰지 않고 둘은 대화를 이어 나 갔다.

팽대위가 물었다.

"중대안 사안이라니, 그게 무슨 말씀입니까?"

"인륜지대사에 관한 이야기일세."

황보만청이 상체를 기울이며 목소리를 낮추자, 팽대위가 눈을 가늘게 떴다.

"인륜지대사라면 혼인을 말씀하시는 건가요? 그게 무슨 중대한 사안입니까?"

"허허. 그건 자네가 잘 몰라서 하는 말이야. 누군지 알면 생각이 달라질 걸세."

"흠, 대체 누구의 혼인입니까? 혹시 우리 가문의 대공자를 말씀하시는 겁니까?"

팽대위가 팽혁빈 쪽을 보며 눈짓하자 황보만청은 고개를 저었다.

"대공자가 아니라 막내 공자를 이야기하는 걸세."

"네? 한빈이요?"

"목소리가 크네."

"아니, 한빈이라면 아직 혼인을 논하기에는 멀었고. 그 이야기라면 제 형님하고 직접……."

"폐관에 들었다더군."

"헉."

"접객당주가 자네를 찾아서 상의하라고 해서 왔네."

그때였다.

지붕 위에서 웃음소리가 들려왔다.

껄껄!

그 소리에 팽대위가 허리에 찬 검집을 움켜쥐었다.

잔뜩 긴장한 팽대위를 따라 팽혁빈을 비롯한 하북팽가 무사들이 자리에서 일어났다.

드드득.

의자 밀리는 소리와 함께 객잔에 긴장감이 감돌았다.

그 모습에 황보만청이 피식 웃었다.

"자네 지금 장난하나?"

"그게 무슨 말씀입니까? 지금 농담하실 때가 아닙니다."

팽대위가 눈매를 좁혔다. 지붕 위에 있는 상대의 기세가 만만치 않았다.

숨겼는데도 숨긴 것 같지 않은 묘한 기세.

황보만청이 칼을 빼어 들려는 팽대위의 오른손을 살짝 눌렀다.

"칼을 내려놓게."

팽대위가 말했다.

"상대는 저보다 한참 윗줄이라고 확신합니다. 거기에 더해 몰래 엿듣고 웃는다는 것은 아군보다는 적에 가깝습니다."

"흠, 듣고 보니 그렇군. 잠시만 기다리게."

황보만청은 팽대위를 막았던 손을 떼고 천장을 바라봤다.

"무제자 어르신, 그만 나오시죠."

그 말이 끝나자 풀잎 밟는 소리가 천장에서 울려 퍼졌다.

사사삭.

동시에 황보만청과 팽대위의 옆에 신형이 나타났다.

팽대위는 포권할 정신도 없었다.

사실 신형보다 드리운 그림자부터 먼저 확인했다.

상대가 무제자 홍칠개라는 것은 이제야 알아봤다.

홍칠개가 헛기침했다.

"험."

수염을 쓸어내리는 홍칠개의 모습에, 그제야 팽대위가 포권했다.

"무제자 어르신을 뵙습니다."

"자네가 팽대위군. 말은 많이 들었네."

"말을 듣다니요?"

"내 제자에게서 말이네."

"허, 진짜 한빈이 어르신의 제자입니까?"

"그놈이 얘기를 안 하던가?"

"얘기는 들었지만, 반만 믿었습니다."

"어허, 조카에게 관심이 없군. 그 누구더라, 정화라는 이름을 가진 아낙네도 분명히 들었을 텐데. 전하지 않았나?"

"죄송하지만 그분은 가문에서 나가고 없습니다."

"뭐, 자네가 죄송할 게 뭐가 있던가? 죗값을 치른 것이지."

"그런데 무슨 일로 저희 대화를 몰래 엿들으셨습니까?"

팽대위는 하북팽가의 집법당주답게 집요했다.

학문은 부족해도 따질 것은 따져야 하는 유학자들과 성격이 비슷했다.

홍칠개는 잠시 황보만청을 노려봤다.

황보만청은 살짝 움찔하며 시선을 돌린다.

팽대위는 그런 둘의 모습에 의아했다.

홍칠개는 따지고 든 팽대위 자신을 노려봐야 정상이었다.

그런데 왜 황보만청을 책망하는 눈빛으로 바라본다는 말인가?

팽대위가 고개를 갸웃하고 있을 때, 홍칠개가 말을 이었다.

"내 제자의 혼사를 논하는데, 왜 나를 빼놓고 이야기하지? 안 그런가?"

"그, 그렇긴 그렇습니다."

팽대위가 할 수 없이 고개를 끄덕였다.

왠지 묘한 기 싸움에 휘말린 느낌이 들었다.

그때 황보만청이 손을 내저었다.

"제가 알기로는 어르신의 사부 직책은 임시로 알고 있습니다만."

"허허, 임시라도 지금은 단 하나뿐인 사부일세. 그리고 한빈의 아비가 폐관에 들어갔으면 결정권은 나에게 있는 것일세, 흠."

홍칠개가 수염을 쓸어내렸다.

둘은 잠시 서로를 노려봤다.

중간에 있는 팽대위는 둘의 눈싸움을 중간에서 고스란히 받아 내야 했다.

그들의 대화를 보고 있던 점소이가 낮은 목소리로 말했다.

"보셨죠. 제가 말씀드린 대로죠? 무림세가에 거지까지, 딱 이지 않습니까? 지난번하고 똑같습니다요."

점소이는 기분이 좋은지 어깨를 활짝 폈다.

사실 지난번에 왔던 거지는 없었다.

하지만 악비광과 그 일행들이 거지보다 더 거지꼴로 왔기에 점소이는 편하게 거지로 기억하고 있는 것이었다.

"허, 이거 참."

팽혁빈이 기가 찬 듯 천장을 올려다봤다.

그것도 잠시, 눈매를 좁히며 점소이를 바라봤다.

점소이가 보통 사람으로 보이지 않았던 것이다.

물론 이것은 착각이었다.

눈빛을 받은 점소이는 뒷걸음쳤다.

"눈빛이 무섭습니다, 나으리."

"아, 미안하네."

"네, 그럼 저는 가서 일 보겠습니다요."

점소이는 다급히 몸을 돌렸다.

그때 구석 자리에서 팽대위가 외쳤다.

"여기도 술 좀 내오게!"

점소이는 씩 웃었다.

객잔의 매상이 늘어나니 입이 벌어질 수밖에 없었다.

하북팽가 일행이 머물면서 생기는 매상 중 일정 부분을 특별 수당으로 주겠다는 루주의 약속이 있었다.

찹쌀떡과 당과 그리고 명주 등 돈을 아끼지 않고 접대하는 이유 중 하나가 바로 이것이었다.

"빨리 내오겠습니다. 최고급으로 대령하겠습니다."

점소이는 어느 때보다 가벼운 발걸음으로 주방으로 향했다.

그날 점심.

하북팽가의 행렬에 홍칠개와 황보세가 일행이 합류했다.

나루터에 선 팽대위는 힐끔 황보만청을 바라봤다.

궁금하지만 못 물어보고 있는 것이 있었다.

그것은 황보만청의 등에 있는 거대한 검이었다.

뭐, 도처럼 보이기도 했지만, 검집의 형태로 보건대 검이 분명했다.

황보세가에서 저런 거대한 검을 쓴다고?

팽대위는 이제껏 저런 형태의 검을 들어 본 적 없었다.

팽대위의 시선을 눈치챘는지 황보만청이 피식 미소를 지었다.

"궁금한가?"

"하하, 눈치채셨습니까?"

"이 검은 구면검이라는 이름으로 불리는 아이일세."

"구면검이라…… 처음 들어 보는군요."

"나도 최근에야 알게 된 검이지."

"검집에 몸을 숨겼는데도 예기가 느껴지는 것이, 보검 같습니다."

"농담도 잘하는군. 이 구면검의 특징은 예기를 꽁꽁 숨겨 놓는 데 있다네. 아홉 개의 얼굴 중 마지막 얼굴에만 예기를 품고 있다지. 아마도……."

"왜 말씀을 멈추십니까?"

"내가 아는 건 여기까지이네."

"그런데 이건 황보세가의 가보 같은데, 왜 저한테 이렇게 자세히 알려 주십니까?"

"자네가 물어봤잖나? 사돈이 될 사람인데 당연히 가르쳐 줘야지."

그때였다.

홍칠개가 미간을 좁히며 끼어들었다.

"은근슬쩍 묻어가려고 하지 말게, 황보 가주."

"아, 제가 뭘 어쨌다고 그러십니까?"

"아무렇지 않게 사돈이라고 못 박으려고 하지 않았나?"

"허, 제가 언제……."

"언제긴, 지금이지. 우리 제자는 아직 코를 꿰면 안 되네. 아직 무림을 위해서 할 일이 태산인데 어딜 자꾸 들이대."

"허허."

황보만청은 하늘을 보며 웃었다.

사실 황보만청에게 이리 대할 수 있는 사람은 무림에 몇 안 되었다. 그리고 홍칠개가 그중 하나였다.

뭐, 천적이지만 피할 수도 없는 것이 한빈의 임시 사부라는 점이다.

황보만청은 다시 팽대위를 바라봤다.

"참, 자네가 술 담그는 재주가 있다던데?"

"그걸 어떻게 아셨습니까?"

"내 막냇동생이 자네가 담근 백아주에 푹 빠졌다네. 언제 한번 황보세가에 놀러 와 실컷 술판을 벌이지 않겠나?"

"동생분이 호탕하신가 봅니다."

"뭐, 좀 호탕하지. 하하."

황보만청이 씩 웃자 팽대위도 마주 웃었다.

"하하, 좋습니다. 무가지회가 끝나면 한번 찾아뵙도록 하죠."

"그래, 기대하겠네."

황보만청의 입꼬리가 한 단계 더 올라갔다.

그가 말한 호탕한 동생이란 과연 누구일까?

물론 그의 막내 여동생인 황보서현이었다.

아직도 시집을 안 가고 있기에, 한빈을 얻지 못하면 차선책으로 팽대위와 막내인 황보서현을 맺어 주려 하고 있는 것이다.

팽대위는 하북팽가의 집법당주고, 황보서현은 황보세가의 집법당주라는 공통점도 있었다.

거기에 더해 한빈이 백아주를 만든 사람을 소개해 주겠다고 황보서현에게 말한 적이 있었다.

그게 팽대위라는 것을 황보만청은 알고 있었다.

꿩을 못 잡으면 닭이라도!

그것이 황보만청의 작전이었다.

그때였다.

저 멀리 대형 상선이 강물을 가르고 나루터로 오고 있다.

뱃전에서 누군가가 외친다.

"모두 물러나시오! 물러나시오!"

나루터에서 배를 기다리던 사람들이 뒤로 물러났다.

커다란 배가 나루터에 쿵 소리를 내며 접선하자, 바로 발판이 내려왔다.

그때부터 사람들은 분주히 움직이기 시작했다.

모두가 배에 오르자 뱃사람들은 내린 발판을 막 접었다.

그러고는 장대를 이용해 나루터에서 배를 밀어 냈다.

조금씩 배가 밀리자 이제는 돛을 활짝 펼쳤다.

배가 나루터에서 열 걸음 정도 멀어졌을 때였다.

한 무리의 무사가 쏜살처럼 달려왔다.

그러고는 손에 든 장대를 써서 강가에 박고는 그 힘을 이용해 배로 날아왔다.

쾅. 쾅!

뱃전에 올라선 무사들은 지친 기색으로 모두 자리에 털썩 쓰러졌다.

아마도 탈진한 듯 보였다.

하지만 우두머리로 보이는 무사는 당당하게 서 있었다.

그는 관우처럼 긴 수염을 흩날리며 아무렇지 않게 뱃사공을 바라봤다.

무복의 색도 불분명했다. 먼지를 얼마나 뒤집어썼는지 황토색으로 보였으니.

아마도 급하게 이곳으로 온 것이 분명했다.

몰골이 말이 아닌 무사를 본 뱃사공은 적잖게 당황했다.

주변에 누구에게 도움을 청해야 할지 몰라 쉬지 않고 두리번거렸다.

그때 우두머리 무사가 품속에 손을 집어넣었다.

동시에 뱃사공은 한 발 뒤로 물러났다.

언제든 도망칠 수 있도록 준비하는 것이다.

순간 우두머리 무사는 뱃사공에게 뭔가를 던졌다.

휙!

뱃사공은 피하지 않았다.

그는 그것이 전낭이라는 것을 본능적으로 알아챘다.

반사적으로 전낭을 받은 뱃사공이 끈을 풀어 안을 확인했다.

"헉, 이렇게나 많이……."

"지각한 벌이니 넣어 두게."

무인은 사람 좋은 얼굴로 손짓했다.

갑자기 긴장의 끈이 풀리자 여기저기서 한숨 소리가 들렸다.

"휴."

"아, 별일 아니었네."

"강호의 고수 같은데 마음씨가 좋군."

"그러게 말이야."

모두의 웅성거림 속에 뱃사공은 전낭을 품속에 넣고 재빨리 뱃전으로 향했다.

모두의 시선이 자신에게 꽂힌 것을 안 우두머리 무사는 포권한 자세로 쓱 주변을 훑었다.

"여러분께 폐를 끼쳐서 죄송합니다. 저는 산동에서 온 악모라 합니다. 강을 건너는 동안 잘 부탁드립니다."

우두머리 무사는 다시 한번 정중히 포권했다.

그 모습을 보던 황보만청이 고개를 갸웃하며 그에게 다가갔다.

"혹시……."

"아, 자네는?"

"역시 맞군, 악소천."

"그래, 황보만청. 오랜만이군."

"그런데 이 꼴이 대체 뭔가?"

"큰아들놈 때문에 이렇게 급히 출발했다네."

"허허, 그게 무슨 말인가?"

"큰 놈이 가출을 했는데, 누가 잡았다고 해서 생각보다 일찍 출발하는 걸세. 그런데 늦은 것 같군."

"그게 무슨 말인가?"

"하북팽가의 행렬에 합류하면 그쪽으로 보내겠다고 전서구를 보냈다네. 그런데 하북팽가에 들렀더니 한참 전에 출발했다고 하지 않나? 일단 경공으로라도 따라잡으려고 이 배에 올랐다네."

"그럼 하북에서부터 뛰어온 것인가?"

"그렇다네."

악소천의 말에 황보만청은 힐끔 뒤를 돌아봤다.

그곳에서는 팽대위와 팽혁빈이 넋이 나간 듯 대화를 듣고 있었다.

황보만청은 그 둘이 왜 그렇게 황당한 표정을 하는지 알고 있었다.

황보만청이 지금 마주하고 있는 자는 악소천.

산동악가의 가주였다.

그런 자가 무복이 황토색이 될 때까지 달려왔다라?

거기에 호위 무사들은 아예 녹초가 되어 쓰러져 있다.

아무래도 몇 날 며칠을 쉬지 않고 달려온 느낌이었다.

그런데 그의 말 중 이상한 것이 있었다.

하북팽가의 행렬에 합류하기 위해서 왔다는 것이었다.

집 나간 아들과 하북팽가가 무슨 상관이 있단 말인가?

황보만청은 호기심 어린 눈으로 말했다.

"하북팽가라면 나와 같이 있네."

"그, 그게 무슨 말인가?"

"나랑 같이 왔다고 했잖나."

"어디 계신가?"

"이리 오게."

황보만청은 재빨리 산동악가의 가주 악소천을 이끌었다.

악소천은 그제야 팽대위와 팽혁빈과 마주할 수 있었다.

팽대위가 포권했다.

"악가의 가주님을 뵙습니다."

"오호, 자네가 그 유명한 하북팽가의 집법당주군."

"유명하다니, 당치도 않습니다."

"하북 최고의 싸움꾼이라는 소문이 산동까지 자자하네."

"허, 어찌 그런 소문이……."

"농담이니 신경 쓰지 말게."

"그건 그렇고, 아까 대화를 들어 보니 전서구가 왔다고 하지 않았습니까?"

"같이 길을 가려면 보여 주는 게 맞겠지."

말을 마친 악소천은 몸을 뒤졌다.

그러고는 통을 하나 꺼냈다.

그것은 새끼손가락만 한 전서 통이었다.

악소천은 아무렇지도 않게 전서를 꺼내 펼쳤다.

작지만 정갈한 글씨체가 드러났다.

그 글씨 중 가장 눈에 들어오는 것은 작성자의 이름이었다.

팽대위는 자신도 모르게 그 이름을 읽었다.

"하북의 팽한빈이라……."

다음 권으로 이어집니다

우리 교황님 좀 말려주세요

판미손 퓨전 판타지 장편소설

비정상 교황님의
들도 보도 못한 전도(물리) 프로젝트!

이세계의 신에게 강제로 납치(?)당한 김시우
차원 '에덴'에서 10년간 온갖 고생은 다 하고
겨우 교황이 되어 고향으로 귀환했건만……

경고! 90일 이내 목표 신도 숫자를 달성하지 못할 시
당신의 시스템이 초기화됩니다!

퀘스트를 달성하지 못하면 능력치가 도로 0이 된다고?
그 개고생, 두 번은 못 하지!

"좋은 말씀 전하러 왔습니다, 형제님^^"

※주의※ 사이비 아닙니다, 오해하지 마세요!

꿈의 도약, 로크에서 하십시오
(주)로크미디어에서 신인 작가를 모십니다

즐거운 세상, 로크미디어는 꿈을 사랑하고 도전을 두려워하지 않는 작가 분들의 참신한 작품을 기다리고 있습니다. 21세기 장르 문학계를 이끌어 갈 차세대 선두 주자 (주)로크미디어에서 여러분의 나래를 활짝 펴 보시길 바랍니다.

모집 분야 판타지와 무협을 포함한 장르 문학
모집 대상 아마추어 작가, 인터넷 작가
모집 기한 수시 모집
   작품 접수 시 유의 사항
   1. 파일명은 작가명_작품명.hwp형식을 갖춰 주십시오.
   1. 파일에 들어갈 내용은 다음과 같습니다.
      − 성명(필명인 경우 실명을 밝혀 주세요), 연락처, 이메일 주소
      − 제목, 기획 의도
      − A4용지 1장 분량의 등장인물 소개
      − A4용지 2장 분량의 전체 줄거리
      − 본문
   1. 작품이 인터넷에 연재되고 있다면, 게시판명과 사이트의 구체적이고 정확한 주소를 기재해 주십시오.

선택된 작품은 정식 계약 후 출판물로 간행되어 전국 서점에 유통됩니다.
작가 분은 (주)로크미디어의 전폭적인 지원하에 전속 작가로 활동하시게 됩니다.
※ 자세한 내용은 로크미디어 홈페이지(rokmedia.com)를 참조하세요.

(04167)서울시 마포구 마포대로 45 일진빌딩 6층
(주)로크미디어 편집부 신간 기획 담당자 앞
전화 : 02) 3273 − 5135
www.rokmedia.com   이메일 : rokmedia@empas.com

우리 교황님 좀 말려 주세요

판미손 퓨전 판타지 장편소설

비정상 교황님의
듣도 보도 못한 전도(물리) 프로젝트!

이세계의 신에게 강제로 납치(?)당한 김시우
차원 '에덴'에서 10년간 온갖 고생은 다 하고
겨우 교황이 되어 고향으로 귀환했건만……

경고! 90일 이내 목표 신도 숫자를 달성하지 못할 시
당신의 시스템이 초기화됩니다!

퀘스트를 달성하지 못하면 능력치가 도로 0이 된다고?
그 개고생, 두 번은 못 하지!

"좋은 말씀 전하러 왔습니다, 형제님^^"

※주의※ 사이비 아닙니다, 오해하지 마세요!

망한 가문의 검술 천재가 되었다

소구장 퓨전 판타지 장편소설

역사에서도 잊힌 비운의 검술 천재
최강의 꼰대력으로 무장한 채
후손의 몸으로 깨어나다!

만년 2위 검사 루크 슈넬덴
세계를 위협하던 마룡을 물리치며
정점에 이른 순간

이대로 그냥 죽어 다오, 나를 위해서.

라이벌인 멀빈 코넬리오에게 목숨을 잃……
……은 줄 알았는데,
200년 후의 몰락한 슈넬덴가에서 눈뜨다!
가족이라고는 무기력한 가주, 망나니 1공자뿐
망해 버린 가문을 살리기 위해
까마득한 조상님이 팔을 걷었다!

설풍 같은 검술, 그보다 매서운 독설로
슈넬덴가를 정점으로 이끌어라!